新编语文
经典阅读

刘慈欣 著

朝闻道

江苏凤凰文艺出版社

图书在版编目（CIP）数据

朝闻道 / 刘慈欣著. — 南京：江苏凤凰文艺出版社，2018.1（2024.11重印）
ISBN 978-7-5594-1379-6

Ⅰ.①朝… Ⅱ.①刘… Ⅲ.①科学幻想小说-中国-当代 Ⅳ.①I247.7

中国版本图书馆CIP数据核字（2017）第270518号

朝闻道
刘慈欣 著

出 版 人	张在健
责任编辑	李珊珊
责任印制	杨 丹
出版发行	江苏凤凰文艺出版社
	南京市中央路165号，邮编：210009
网 址	http://www.jswenyi.com
印 刷	江苏扬中印刷有限公司
开 本	652×960 毫米 1/16
印 张	12.25
字 数	135千字
版 次	2018年1月第1版 2024年11月第15次印刷
标准书号	ISBN 978-7-5594-1379-6
定 价	23.80元

江苏凤凰文艺版图书凡印刷、装订错误，可向出版社调换，联系电话 025-83280257

目 录

带上她的眼睛	001
朝闻道	015
思想者	043
中国太阳	063
坍缩	099
全频带阻塞干扰	111
诗云	157

带上她的眼睛

连续工作了两个多月,我实在累了,便请求主任给我两天假,出去短暂旅游一下散散心。主任答应了,条件是我再带一双眼睛去,我也答应了,于是他带我去拿眼睛。眼睛放在控制中心走廊尽头的一个小房间里,现在还剩下十几双。

主任递给我一双眼睛,指指前面的大屏幕,把眼睛的主人介绍给我,是一个好像刚毕业的小姑娘,呆呆地看着我。在肥大的太空服中,她更显得娇小,一副可怜兮兮的样子,显然刚刚体会到太空不是她在大学图书馆中想象的浪漫天堂,某些方面可能比地狱还稍差些。

"麻烦您了,真不好意思。"她连连向我鞠躬,这是我听到过的最轻柔的声音,我想象着这声音从外太空飘来,像一阵微风吹过轨道上那些庞大粗陋的钢结构,使它们立刻变得像橡皮泥一样软。

"一点都不,我很高兴有个伴儿的。你想去哪儿?"我豪爽地说。

"什么?您自己还没决定去哪儿?"她看上去很高兴。但我立刻感到两个异样的地方,其一,地面与外太空通信都有延时,即使在月球,延时也有两秒钟,小行星带延时更长,但她的回答几乎感觉不到延时,这就是说,她现在在近地轨道,那里回地面不用中转,费用和时间都不需多少,没必要托别人带眼睛去度假。其二是她身上的太空服,作为航天个人装备工程师,我觉得这种太空服很奇怪:在服装上看不到防辐射系统,放在她旁边的头盔的面罩上也没有强光防护系统;我还注意到,这套服装的隔热和冷却系统异常发达。

"她在哪个空间站?"我扭头问主任。

"先别问这个吧。"主任的脸色很阴沉。

"别问好吗?"屏幕上的她也说,还是那副让人心软的小可怜样儿。

"你不会是被关禁闭吧?"我开玩笑说,因为她所在的舱室十分窄小,显然是一个航行体的驾驶舱,各种复杂的导航系统此起彼伏地闪烁着,但没有窗子,也没有观察屏幕,只有一支在她头顶打转的失重的铅笔说明她是在太空中。听了我的话,她和主任似乎都愣了一下,我赶紧说:"好,我不问自己不该知道的事了,你还是决定我们去哪儿吧。"

这个决定对她很艰难,她的双手在太空服的手套里握在胸前,双眼半闭着,似乎是在决定生存还是死亡,或者认为地球在我们这次短暂的旅行后就要爆炸了。我不由笑出声来。

"哦,这对我来说不容易,您要是看过海伦·凯勒的《假如给我三天光明》的话,就能明白这多难了!"

"我们没有三天,只有两天。在时间上,这个时代的人都是穷光蛋。但比那个二十世纪盲人幸运的是,我和你的眼睛在三小时内可到达地球的任何一个地方。"

"那就去我们起航前去过的地方吧!"她告诉了我那个地方,于是我带着她的眼睛去了。

草　原

这是高山与平原，草原与森林的交接处，距我工作的航天中心有 2 000 多千米，我乘电离层飞机用了 15 分钟就到了这儿。面前的塔克拉玛干，经过几代人的努力，已由沙漠变成了草原，又经过几代强有力的人口控制，这儿再次变成了人迹罕至的地方。现在大草原从我面前一直延伸到天边，背后的天山覆盖着暗绿色的森林，几座山顶还有银色的雪冠。

我掏出她的眼睛戴上。

所谓眼睛就是一副传感眼镜，当你戴上它时，你所看到的一切图像由超高频信息波发射出去，可以被远方的另一个戴同样传感眼镜的人接收到，于是他就能看到你所看到的一切，就像你带着他的眼睛一样。

现在，长年在月球和小行星带工作的人已有上百万，他们回地球度假的费用是惊人的，于是吝啬的宇航局就设计了这玩意儿，每个生活在外太空的宇航员在地球上都有了另一双眼睛，由这里真正能去度假的幸运儿带上这双眼睛，让身处外太空的那个思乡者分享他的快乐。这个小玩意儿开始被当作笑柄，但后来由于用它"度假"的人能得到可观的补助，竟流行开来。最尖端的技术被采用，这人造眼睛越做越精致，现在，它竟能通过采集戴着它的人的脑电波，把他（她）的触觉和味觉一同发射出去。多带一双眼睛去度假成了宇航系统地面工作人员从事的一项公益活动，由于度假中的隐私等原因，并不是每个人都乐意再带双眼睛，但我这次无所谓。

我对眼前的景色大发感叹，但从她的眼睛中，我听到了一阵轻轻的抽泣声。

"上次离开后,我常梦到这里,现在回到梦里来了!"她细细的声音从她的眼睛中传出来,"我现在就像从很深很深的水底冲出来呼吸到空气,我太怕封闭了。"

我从中真的听到她在做深呼吸。

我说:"可你现在并不封闭,同你周围的太空比起来,这草原太小了。"

她沉默了,似乎连呼吸都停止了。

"啊,当然,太空中的人还是封闭的,二十世纪的一个叫耶格尔的飞行员曾有一句话,是描述飞船中的宇航员的,说他们像……"

"罐头中的肉。"

我们都笑了起来。她突然惊叫:"呀,花儿,有花啊! 上次我来时没有的!"

是的,广阔的草原上到处点缀着星星点点的小花。"能近些看看那朵花吗?"我蹲下来看,"呀,真美耶! 能闻闻它吗? 不,别拔下它!"我只好半趴到地上闻,一缕淡淡的清香。"啊,我也闻到了,真像一首隐隐传来的小夜曲呢!"

我笑着摇摇头,这是一个闪电变幻、疯狂追逐的时代,女孩子们都浮躁到了极点,像这样的见花落泪的"林妹妹"真是太少了。

"我们给这朵小花起个名字好吗? 嗯……叫它梦梦吧。我们再看看那一朵好吗? 它该叫什么呢? 嗯,叫小雨吧;再到那一朵那儿去,啊,谢谢,看它的淡蓝色,它的名字应该是月光……"

我们就这样一朵朵地看花,闻花,然后再给它们起名字。她陶醉于其中,没完没了地进行下去,忘记了一切。我对这套小女孩的游戏实在厌烦了,到我坚持停止时,我们已给上百朵花起了名字。

一抬头,我发现已走出了好远,便回去拿丢在后面的背包,当我拾起草地上的背包时,又听到了她的惊叫:"天啊,你把小雪踩住了!"我扶起那朵白色的野花,觉得很可笑,就用两只手各捂住一朵小花,问她:"它们都叫什么?什么样儿?"

"左边那朵叫水晶,也是白色的,它的茎上有分开的三片叶儿;右边那朵叫火苗,粉红色,茎上有四片叶子,上面两片是单的,下面两片连在一起。"

她说的都对,我有些感动了。

"你看,我和它们都互相认识了,以后漫长的日子里,我会好多次一遍遍地想它们每一个的样子,像背一本美丽的童话书。你那儿的世界真好!"

"我这儿的世界?要是你再这么孩子气地多愁善感下去,这也是你的世界了,那些挑剔的太空心理医生会让你永远待在地球上。"

我在草原上无目标地漫步,很快来到一条隐没在草丛中的小溪旁。我迈过去继续向前走,她叫住了我,说:"我真想把手伸到小河里。"我蹲下来把手伸进溪水,一股清凉流遍全身,她的眼睛用超高频信息波把这感觉传给远在太空中的她,我又听到了她的感叹。

"你那儿很热吧?"我想起了她那窄小的控制舱和隔热系统异常发达的太空服。

"热,热得像……地狱。呀,天啊,这是什么?草原的风?!"这时我刚把手从水中拿出来,微风吹在湿手上凉丝丝的,"不,别动,这真是天国的风呀!"

我把双手举在草原的微风中,直到手被吹干。然后应她的要求,我又把手在溪水中打湿,再举到风中把天国的感觉传给她。我们就这样又消磨了很长时间。

再次上路后,沉默地走了一段,她又轻轻地说:"你那儿的世界真好。"

我说:"我不知道,灰色的生活把我这方面的感觉都磨钝了。"

"怎么会呢?! 这世界能给人多少感觉啊! 谁要能说清这些感觉,就如同说清大雷雨有多少雨点一样。看天边那大团的白云,银白银白的,我这时觉得它们好像是固态的,像发光玉石构成的高山。下面的草原,这时倒像是气态的,好像所有的绿草都飞离了大地,成了一片绿色的云海。看! 当那片云遮住太阳又飘开时,草原上光和影的变幻是多么气势磅礴啊! 看看这些,您真的感受不到什么吗?"

....

我带着她的眼睛在草原上转了一天,她渴望地看草原上的每一朵野花,每一棵小草,看草丛中跃动的每一缕阳光,渴望地听草原上的每一种声音。一条突然出现的小溪,小溪中的一条小鱼,都会令她激动不已;一阵不期而至的微风,风中一缕绿草的清香都会让她落泪……我感到,她对这个世界的情感已丰富到病态的程度。

日落前,我走到了草原中一间孤零零的白色小屋,那是为旅游者准备的一间小旅店,似乎好久没人光顾了,只有一个迟钝的老式机器人照看着旅店里的一切。我又累又饿,可晚饭只吃到一半,她又提议我们立刻去看日落。

"看着晚霞渐渐消失,夜幕慢慢降临森林,就像在听一首宇宙间最美的交响曲。"她陶醉地说。我暗暗叫苦,但还是拖着沉重的双腿去了。

草原的落日确实很美,但她对这种美倾泻的情感使这一切有了一种异样的色彩。

"你很珍视这些平凡的东西。"回去的路上我对她说,这时夜色已很重,星星已在夜空中出现。

"你为什么不呢,这才像在生活。"她说。

"我,还有其他的大部分人,不可能做到这样。在这个时代,得到太容易了。物质的东西自不必说,蓝天绿水的优美环境、乡村和孤岛的宁静等都可以毫不费力地得到;甚至以前人们认为最难寻觅的爱情,在虚拟现实网上至少也可以暂时体会到。所以人们不再珍视什么了,面对着一大堆伸手可得的水果,他们把拿起的每一个咬一口就扔掉。"

"但也有人面前没有这些水果。"她低声说。

我感觉自己刺痛了她,但不知为什么。回去的路上,我们都没再说话。

这天夜里的梦境中,我看到了她,穿着太空服在那间小控制舱中,眼里含泪,向我伸出手来喊:"快带我出去,我怕封闭!"我惊醒了,发现她真在喊我,我是戴着她的眼睛仰躺着睡的。

"请带我出去好吗?我们去看月亮,月亮该升起来了!"

我脑袋发沉,迷迷糊糊很不情愿地起了床。到外面后发现月亮真的刚升起来,草原上的夜雾使它有些发红。月光下的草原也在沉睡,有无数点萤火虫的幽光在朦朦胧胧的草海上浮动,仿佛是草原的梦在显形。

我伸了个懒腰,对着夜空说:"喂,你是不是从轨道上看到月光照到这里?告诉我你的飞船的大概方位,说不定我还能看到呢,我肯定它是在近地轨道上。"

她没有回答我的话,而是自己轻轻哼起了一首曲子,一小段旋律过后,她说:"这是德彪西的《月光》。"她又接着哼下去,陶醉于其中,完全忘记了我的存在。《月光》的旋律同月光一起从太空降落到草原上。我想象着太空中的那个娇弱的女孩,她的上方是银色的月球,下面是蓝色的地球,小小的她从中间飞过,把音乐融入月光……

直到一个小时后我回去躺到床上,她还在哼着音乐,是不是德彪西的我就不知道了,那轻柔的乐声一直在我的梦中飘荡着。

不知过了多久,音乐变成了呼唤,她又叫醒了我,还要出去。

"你不是看过月亮了吗?!"我生气地说。

"可现在不一样了,记得吗,刚才西边有云的,现在那些云可能飘过来了,现在月亮正在云中时隐时现呢,想想草原上的光和影,多美啊,那是另一种音乐了,求你带我的眼睛出去吧!"

我十分恼火,但还是出去了。云真的飘过来了,月亮在云中穿行,草原上大块的光斑在缓缓浮动,如同大地深处浮现的远古的记忆。

"你像是来自十八世纪的多愁善感的诗人,完全不适合这个时代,更不适合当宇航员。"我对着夜空说,然后摘下她的眼睛,挂到旁边一棵红柳的枝上,"你自己看月亮吧,我真的得睡觉去了,明天还要赶回航天中心,继续我那毫无诗意的生活呢。"

她的眼睛中传出了她细细的声音,我听不清说什么,径自回去了。

我醒来时天已大亮,阴云已布满了天空,草原笼罩在蒙蒙的小雨中。她的眼睛仍挂在红柳枝上,镜片上蒙上了一层水雾。我小心地擦干镜片,戴上它。原以为她看了一夜月亮,现在还在睡觉,却从眼睛中听到了她低低的抽泣声,我的心一下子软下来。

"真对不起,我昨天晚上实在太累了。"

"不,不是因为你,呜呜,天从三点半就阴了,五点多又下起雨……"

"你一夜都没睡?!"

"呜呜,下起雨,我,我看不到日出了,我好想看草原的日出,呜呜,好想看的,呜……"

我的心像是被什么东西溶化了,脑海中出现她眼泪汪汪,小鼻子一抽一抽的样子,眼睛竟有些湿润。不得不承认,在过去的一天一夜里,她教会了我某种东西,一种说不清的东西,像月夜中草原上的光影一样朦胧，由于它，以后我眼中的世界与以前会有些不同的。

"草原上总还会有日出的，以后我一定会再带你的眼睛来，或者，带你本人来看，好吗？"

她不哭了，突然，她低声说：

"听……"

我没听见什么，但紧张起来。

"这是今天的第一声鸟叫，雨中也有鸟呢！"她激动地说，那口气如同听到世纪钟声一样庄严。

落日六号

又回到了灰色的生活和忙碌的工作中，以上的经历很快就淡忘了。很长时间后，我想起洗那些那次旅行时穿的衣服时，在裤脚上发现了两三颗草籽。同时，在我的意识深处，也有一颗小小的种子留了下来。在我孤独寂寞的精神沙漠中，那颗种子已长出了令人难以察觉的绿芽。虽然是无意识的，当一天的劳累结束后，我已能感觉到晚风吹到脸上时那淡淡的诗意，鸟儿的鸣叫已能引起我的注意，我甚至黄昏时站在天桥上，看着夜幕降临城市……世界在我的眼中仍是灰色的，但星星点点的嫩绿在其中出现，并在增多。当这种变化发展到让我觉察出来时，我又想起了她。

也是无意识的，在闲暇时甚至睡梦中，她身处的环境常在我的脑海中出现，那封闭窄小的控制舱，奇怪的隔热太空服……后来这些东西在我的意识中都隐去了，只有一样东西凸现出来，这就是那在她头顶上打转的失重的铅笔，不知为什么，一闭上眼睛，这支铅笔总在我的眼前飘浮。终于有一天，上班时我走进航天中心高大的门厅，一幅见过无数次的巨大壁画把我吸引住了，壁画上是从太空中拍摄的蔚蓝色的地球。那支飘浮的铅笔又在我的眼前出现了,同壁画叠印在一起,我又听到了她的声音:"我怕封闭……"一道闪电在我的脑海里出现。

除了太空,还有一个地方会失重!!

我发疯似的跑上楼,猛砸主任办公室的门,他不在,我心有灵犀地知道他在哪儿,就飞跑到存放眼睛的那个小房间,他果然在里面,看着大屏幕。她在大屏幕上,还在那个封闭的控制舱中,穿着那件"太空服",画面凝固着,是以前录下来的。"是为了她来的吧。"主任说,眼睛还看着屏幕。

"她到底在哪儿?!"我大声问。

"你可能已经猜到了,她是'落日六号'的领航员。"

一切都明白了,我无力地跌坐在地毯上。

"落日工程"原计划发射十艘飞船,它们是"落日一号"到"落日十号",但计划由于"落日六号"的失事而中断了。"落日工程"是一次标准的探险航行,它的航行程序同航天中心的其他航行几乎一样。

唯一不同的是,"落日"飞船不是飞向太空,而是潜入地球深处。

第一次太空飞行一个半世纪后,人类开始了向相反方向的探险,"落日"系列地航飞船就是这种探险的首次尝试。

四年前,我在电视中看到过"落日一号"发射时的情景。那时正是深夜,吐鲁番盆地的中央出现了一个如太阳般耀眼的火球,火球的光芒使新疆夜空中的云层变成了绚丽的朝霞。当火球暗下来时,"落日一号"已潜入地层。大地被烧红了一大片,这片圆形的发着红光的区域中央,是一个岩浆的湖泊,白热化的岩浆沸腾着,激起一根根雪亮的浪柱……那一夜,远至乌鲁木齐,都能感到飞船穿过地层时传到大地上的微微震动。

"落日工程"的前五艘飞船都成功地完成了地层航行,安全返回地面。其中"落日五号"创造了迄今为止人类在地层中航行深度的纪录:海平面下3 100千米。"落日六号"不打算突破这个纪录。因为据地球物理学家的结论,在地层3 400—3 500千米深处,存在着地幔和地核的交界面,学术上把它叫作"古腾堡不连续面",一旦通过这个交界面,便进入地球的液态铁镍核心,那里物质密度骤然增大,"落日六号"的设计强度是不允许在如此大的密度中航行的。

"落日六号"的航行开始很顺利,飞船只用了两个小时便穿过了地表和地幔的交界面——莫霍不连续面,并在大陆板块漂移的滑动面上停留了5个小时,然后开始了在地幔中3 000多千米的漫长航行。宇宙航行是寂寞的,但宇航员们能看到无限的太空和壮丽的星群;而地航飞船上的地航员们,只能凭感觉触摸飞船周围不断向上移去的高密度物质。从飞船上的全息后视电视中能看到这样的情景:炽热的岩浆刺目地闪亮着,翻滚着,随着飞船的下潜,在船尾飞快地合拢起来,瞬间充满了飞船通过的空间。有一名地航员回忆:他们一闭上眼睛,就看到了飞快合拢并压下来的岩浆,这个幻象使航行者意识到压在他们上方那巨量的并不断增厚的物质,一种地面上的人难以理解的压抑感折磨着地航飞船中的每一个人,他们都受到这种封闭恐惧症的袭击。

"落日六号"出色地完成着航行中的各项研究工作。飞船的速度大约是每小时15千米,飞船需要航行20小时才能到达预定深度。但在飞船航行15小时40分钟时,警报出现了。从地层雷达的探测中得知,航行区的物质密度由每立方厘米6.3克猛增到9.5克,物质成分由硅酸盐类突然变为以铁镍为主的金属,物质状态也由固态变为液态。尽管"落日六号"当时只到达了2 500千米的深度,目前所有的迹象却冷酷地表明,他们闯入了地核!后来得知,这是地幔中一条通向地核的裂隙,地核中的高压液态铁镍充满了这条裂隙,使得在"落日六号"的航线上,古腾堡不连续面向上延伸了近1 000千米!飞船立刻紧急转向,企图冲出这条裂隙,不幸就在这时发生了:由中子材料制造的船体顶住了突然增加到每平方厘米1 600吨的巨大压力,但是,飞船分为前部烧熔发动机、中部主舱和后部推进发动机三大部分,当飞船在远大于设计密度和设计压力的液态铁镍中转向时,烧熔发动机与主舱结合部断裂,从"落日六号"用中微子通信发回的画面中我们看到,已与船体分离的烧熔发动机在一瞬间被发着暗红光的液态铁镍吞没了。地层飞船的烧熔发动机用超高温射流为飞船切开航行方向的物质,没有它,只剩下一台推进发动机的"落日六号"在地层中是寸步难行的。地核的密度很惊人,但构成飞船的中子材料密度更大,液态铁镍对飞船产生的浮力小于它的自重,于是,"落日六号"便向地心沉下去。

人类登月后,用了一个半世纪才有能力航行到土星。在地层探险方面,人类也要用同样的时间才有能力从地幔航行到地核。现在的地航飞船误入地核,就如同21世纪中期的登月飞船偏离月球迷失于外太空,获救的希望是丝毫不存在的。

好在"落日六号"主舱的船体是可靠的,船上的中微子通信系统仍和地面控制中心保持着完好的联系。在以后的一年中,"落日六号"航行组坚持工作,把从地核中得到的大量宝贵资料发送到地面。他们被裹在几千千米厚的物质中,这里别说空气和生命,连空间都没有,周围是温度高达5 000度,压力可以把碳在一秒钟内变成金刚石的液态铁镍!它们密密地挤在"落日六号"的周围,密得只有中微子才能穿过,"落日六号"是处于一个巨大的炼钢炉中!在这样的世界里,《神曲》中的《地狱篇》像是在描写天堂了;在这样的世界里,生命算什么?仅仅能用脆弱来描写它吗?

沉重的心理压力像毒蛇一样撕裂着"落日六号"地航员们的神经。一天,船上的地质工程师从睡梦中突然跃起,竟打开了他所在的密封舱的绝热门!虽然这只是四道绝热门中的第一道,但瞬间涌入的热浪立刻把他烧成了一段木炭。

指令长在一个密封舱飞快地关上了绝热门,避免了"落日六号"的彻底毁灭。

他自己被严重烧伤,在写完最后一页航行日志后死去了。

从那以后,在这个星球的最深处,在"落日六号"上,只剩下她一个人了。

现在,"落日六号"内部已完全处于失重状态,飞船已下沉到6 300千米深处,那里是地球的最深处,她是第一个到达地心的人。

她在地心的世界是那个活动范围不到10立方米的闷热的控制舱。飞船上有一个中微子传感眼镜,这个装置使她同地面世界多少保持着一些感性的联系。但这种如同生命线的联系不能长时间延续下去,飞船里中微子通信设备的能量很快就要耗尽,现有的能量已不能维持传感眼镜的超高速数据传输,这种联系在三个月前就中断了,具体时间是在我从草原返回航天中心的飞机上,当时我已把她的眼睛摘下来放到旅行包中。

那个没有日出的细雨蒙蒙的草原早晨,竟是她最后看到的地面世界。

后来"落日六号"同地面只能保持着语音和数据通信,而这个联系也在一天深夜中断了,她被永远孤独地封闭于地心中。

"落日六号"的中子材料外壳足以抵抗地心的巨大压力,而飞船上的生命循环系统还可以运行50至80年,她将在这不到10立方米的地心世界里度过自己的余生。

我不敢想象她同地面世界最后告别的情形,但主任让我听的录音出乎我的意料。这时来自地心的中微子波束已很弱,她的声音时断时续,但这声音很平静。

"……你们发来的最后一份补充建议已经收到,今后,我会按照整个研究计划努力工作的。将来,可能是几代人以后吧,也许会有地心飞船找到'落日六号'并同它对接,有人会再次进入这里,但愿那时我留下的资料会有用。请你们放心,我会在这里安排好自己的生活。我现在已适应这里,不再觉得狭窄和封闭了,整个世界都围着我呀,我闭上眼睛就能看见上面的大草原,还可以清楚地看见每一朵我起了名字的小花呢。再见。"

透明地球

在以后的岁月中,我到过很多地方,每到一处,我都喜欢躺在那里的大地上。我曾经躺在海南岛的海滩上、阿拉斯加的冰雪上、俄罗斯的白桦林中、撒哈拉烫人的沙漠上……每到那个时刻,地球在我脑海中就变得透明了,在我下面 6 000 多千米深处,在这巨大的水晶球中心,我看到了停泊在那里的"落日六号"地航飞船,感受到了从几千千米深的地球中心传出的她的心跳。我想象着金色的阳光和银色的月光透射到这个星球的中心,我听到了那里传出的她吟唱的《月光》,还听到她那轻柔的话音:

"多美啊,这又是另一种音乐了……"

有一个想法安慰着我:不管走到天涯海角,我离她都不会再远了。

本文发表于《科幻世界》1999 年第 10 期

朝闻道

爱因斯坦赤道

"有一句话我早就想对你们说,"丁仪对妻子和女儿说,"我心中的位置大部分都被物理学占据了,只是努力挤出了一个小角落给你们,对此我心里很痛苦,但也实在是没办法。"

他的妻子方琳说:"这话你对我说过两百遍了。"

十岁的女儿文文说:"对我也说过一百遍了。"

丁仪摇摇头说:"可你们始终没能理解我这话的真正含义,你们不懂得物理学到底是什么。"

方琳笑着说:"只要它的性别不是女就行。"

这时,他们一家三口正坐在一辆时速达五百千米的小车上,行驶在一条直径五米的钢管中,这根钢管的长度约为三万千米,在北纬四十五度线上绕地球一周。

小车完全自动行驶,透明的车舱内没有任何驾驶设备。从车里看出去,钢管笔直地伸向前方,小车像是一颗在无限长的枪管中正在射出的子弹,前方的洞口似乎固定在无限远处,看上去针尖大小,一动不动,如果不是周围的管壁如湍急的流水飞快掠过,肯定觉察不出车的运动。在小车启动或停车时,可以看到管壁上安装的数量巨大的仪器,还有无数等距离的箍圈,当车加速起来后,它们就在两旁浑然一体地掠过,看不清了。丁仪告诉她们,那些箍圈是用于产生强磁场的超导线圈,而悬在钢管正中的那条细管是粒子通道。

他们正行驶在人类迄今所建立的最大的粒子加速器中,这台环绕地球一周的加速器被称为爱因斯坦赤道,借助它,物理学家们将实现上世纪那个巨人肩上的巨人最后的梦想:建立宇宙的大统一模型。

这辆小车本是加速器工程师们用于维修的,现在被丁仪用来带着全家进行环球旅行,这旅行是他早就答应妻子和女儿的,但她们万万没有想到要走这条路。整个旅行耗时六十小时,在这环绕地球一周的行驶中,她们除了笔直的钢管什么都没看到。不过方琳和文文还是很高兴很满足,至少在这两天多时间里,全家人难得地聚在一起。

旅行的途中也并不枯燥,丁仪不时指着车外飞速掠过的管壁对文文说:"我们现在正在驶过外蒙古,看到大草原了吗?还有羊群……我们在经过日本,但只是擦过它的北角,看,朝阳照到积雪的国后岛上了,那可是今天亚洲迎来的第一抹阳光……我们现在在太平洋底了,真黑,什么都看不见,哦不,那边有亮光,暗红色的,嗯,看清了,那是洋底火山口,它涌出的岩浆遇水很快冷却了,所以那暗红光一闪一闪的,像海底平原上的篝火,文文,大陆正在这里生长啊……"

后来,他们又在钢管中驶过了美国全境,潜过了大西洋,从法国海岸登上欧洲的土地,驶过意大利和巴尔干半岛,第二次进入俄罗斯,然后从里海回到亚洲,穿过哈萨克斯坦进入中国,现在,他们正走完最后的路程，回到了爱因斯坦赤道在塔克拉玛干沙漠中的起点——世界核子中心，这也是环球加速器的控制中心。

当丁仪一家从控制中心大楼出来时，外面已是深夜，广阔的沙漠静静地在群星下伸向远方，世界显得简单而深邃。

"好了，我们三个基本粒子，已经在爱因斯坦赤道中完成了一次加速试验。"丁仪兴奋地对方琳和文文说。

"爸爸，真的粒子要在这根大管子中跑这么一大圈，要多长时间？"文文指着他们身后的加速器管道问，那管道从控制中心两侧向东西两个方向延伸，很快消失在夜色中。

丁仪回答说："明天，加速器将首次以它最大的能量运行，在其中运行的每个粒子，将受到相当于一颗核弹的能量的推动，它们将加速到接近光速，这时，每个粒子在管道中只需十分之一秒就能走完我们这两天多的环球旅程。"

方琳说："别以为你已经实现了自己的诺言，这次环球旅行是不算的！"

"对！"文文点点头说，"爸爸以后有时间，一定要带我们在这长管子的外面沿着它走一圈，真正看看我们在管子里面到过的地方，那才叫真正的环球旅行呢！"

"不需要，"丁仪对女儿意味深长地说，"如果你睁开了想象力的眼睛，那这次旅行就足够了，你已经在管子中看到了你想看的一切，甚至更多！孩子，更重要的是，蓝色的海洋、红色的花朵、绿色的森林都不是最美的东西，真正的美眼睛是看不到的，只有想象力才能看到它，与海洋、花朵、森林不同，它没有色彩和形状，只有当你用想象力和数学把整个宇宙在手中捏成一团儿，使它变成你的一个心爱的玩具，你才能看到这种美……"

丁仪没有回家，送走了妻女后，他回到了控制中心。中心只有不多的几个值班工程师，在加速器建成以后历时两年的紧张调试后，这里第一次这么宁静。

丁仪上到楼顶，站在高高的露天平台上，他看到下面的加速器管道像一条把世界一分为二的直线，他有一种感觉：夜空中的星星像无数只瞳仁，它们的目光此时都聚焦在下面这条直线上。

丁仪回到下面的办公室，躺在沙发上睡着了，进入了一个理论物理学家的梦乡。

他坐在一辆小车里，小车停在爱因斯坦赤道的起点。小车启动，他感觉到了加速时强劲的推力。他在四十五度纬线上绕地球旋转，一圈又一圈，像轮盘赌上的骰子。随着速度趋近光速，急剧增加的质量使他的身体如一尊金属塑像般凝固了，意识到了这个身体中已蕴含了创世的能量，他有一种帝王般的快感。在最后一圈，他被引入一条支路，冲进一个奇怪的地方，这是虚无之地，他看到了虚无的颜色，虚无不是黑色也不是白色的，它的色彩就是无色，但也不是透明，在这里，空间和时间都还是有待于他去创造的东西。他看到前方有一个小黑点，急剧扩大，那是另一辆小车，车上坐着另一个自己。他们以光速相撞后同时消失了，只在无际的虚空中留下一个无限小的奇点，这万物的种子爆炸开来，能量火球疯狂暴涨。当弥漫整个宇宙的红光渐渐减弱时，冷却下来的能量使天空中的物质如雪花般出现了，开始是稀薄的星云，然后是恒星和星系群。在这个新生的宇宙中，丁仪拥有一个量子化的自我，他可以在瞬间从宇宙的一端跃至另一端。其实他并没有跳跃，他同时存在于这两端，他同时存在于这浩大宇宙中的每一点，他的自我像无际的雾气弥漫于整个太空，由恒星沙粒组成的银色沙漠在他的体内燃烧。他无所不在的同时又无所在,他知道自己的存在只是一个概率的幻影,这个多态叠加的幽灵渴望地环视宇宙,寻找那能使自己坍缩为实体的目光。正找着,这目光就出现了,它来自遥远太空中浮现出来的两双眼睛,它们出现在一道由群星织成的银色帷幕后面,那双有着长长睫毛的美丽的眼睛是方琳的,那双充满天真灵性的眼睛是文文的。这两双眼睛在宇宙中茫然扫视,最终没能觉察到这个量子自我的存在,波函数颤抖着,如微风扫过平静的湖面,但坍缩没有发生。正当丁仪陷入绝望之时,茫茫的星海扰动起来,群星汇成的洪流在旋转奔涌,当一切都平静下来时,宇宙间的所有星星构成了一只大眼睛,那只百亿光年大小的眼睛如钻石粉末在黑色的天鹅绒上撒出的图案,它盯着丁仪看,波函数在瞬间坍缩,如倒着放映的焰火影片,他的量子存在凝聚在宇宙中微不足道的一点上,他睁开双眼,回到了现实。

是控制中心的总工程师把他推醒的,丁仪睁开眼,看到核子中心的几位物理学家和技术负责人围着他躺的沙发站着,他们用看一个怪物的目光盯着他看。

"怎么?我睡过了吗?"丁仪看看窗外,发现天已亮了,但太阳还未升起。

"不,出事了!"总工程师说。这时丁仪才知道,大家那诧异的目光不是冲着他的,而是由于刚出的那件事情。总工程师拉起丁仪,带他向窗口走去,丁仪刚走了两步就被人从背后拉住了,回头一看,是一位叫松田诚一的日本物理学家,上届诺贝尔物理学奖获得者之一。

"丁博士,如果您在精神上无法承受马上要看到的东西,也不必太在意,我们现在可能是在梦中。"日本人说,他脸色苍白,抓着丁仪的手在微微颤抖。

"我刚从梦中出来!"丁仪说,"发生了什么事?"

大家仍用那种怪异的目光看着他,总工程师拉起他继续朝窗口走去,当丁仪看到窗外的景象时,立刻对自己刚才的话产生了怀疑,眼前的现实突然变得比刚才的梦境更虚幻了。

在淡蓝色的晨光中,以往他熟悉的横贯沙漠的加速器管道消失了,取而代之的是一条绿色的草带,这条绿色大道沿东西两个方向伸向天边。

"再去看看中心控制室吧!"总工程师说。丁仪随着他们来到楼下的控制大厅,又受到了一次猝不及防的震撼:大厅中一片空旷,所有的设备都消失得无影无踪,原来放置设备的位置也长满了青草,那草是直接从防静电地板上长出来的。

丁仪发疯似的冲出控制大厅,奔跑着绕过大楼,站到那条取代加速器管道的草带上,看着它消失在太阳即将升起的东方地平线处,在早晨沙漠上寒冷的空气中他打了个寒战。

"加速器的其他部分呢?"他问喘着气跟上来的总工程师。

"都消失了,地上、地下和海中的,全部消失了。"

"也都变成了草?!"

"哦不,草只在我们附近的沙漠上有,其他部分只是消失了,地面和海底部分只剩下空空的支座,地下部分只留下空隧道。"

丁仪弯腰拔起了一束青草,这草在别的地方看上去一定很普通,但在这里就很不寻常:它完全没有红柳或仙人掌之类的耐旱的沙漠植物的特点,看上去饱含水分,青翠欲滴,这样的植物只能生长在多雨的南方。丁仪搓碎了一根草叶,手指上沾满了绿色的汁液,一股淡淡的清香飘散开来。丁仪盯着手上的小草呆立了很长时间,最后说:"看来,这真是梦了。"

东方传来一个声音:"不,这是现实!"

真空衰变

在绿色草路的尽头,朝阳已升出了一半,它的光芒照花了人们的眼睛,在这光芒中,有一个人沿着草路向他们走来,开始他只是一个以日轮为背景的剪影,剪影的边缘被日轮侵蚀,显得变幻不定。当那人走近些后,人们看到他是一名中年男子,穿着白衬衣和黑裤子,没打领带。再近些,他的面孔也可以看清了,这是一张兼具亚洲和欧洲人特点的脸,这在这个地区并没有什么不寻常,但人们绝不会把他误认为是当地人,他的五官太端正了,端正得有些不现实,像某些公共标志上表示人类的一个图符。当他再走近些时,人们也不会把他误认为是这个世界的人了,他并没有走,他一直两腿并拢笔直地站着,鞋底紧贴着草地飘浮而来。在距他们两三米处,来人停了下来。

"你们好,我以这个外形出现是为了我们之间能更好地交流,不管各位是否认可我的人类形象,我已经尽力了。"来人用英语说,他的话音一如其面孔,极其标准而无特点。

"你是谁?"有人问。

"我是这个宇宙的排险者。"

这个回答中有两个含义深刻的字立刻深入了物理学家们的脑海:"这个宇宙"。

"您和加速器的消失有关吗?"总工程师问。

"它在昨天夜里被蒸发了,你们计划中的试验必须被制止。作为补偿,我送给你们这些草,它们能在干旱的沙漠上以很快的速度成长蔓延。"

"可这些都是为了什么呢?"

"这个加速器如果真以最大功率运行,能将粒子加速到 10 的 20 次方吉电子伏特,这接近宇宙大爆炸的能量,可能给我们的宇宙带来灾难。"

"什么灾难?"

"真空衰变。"

听到这回答,总工程师扭头看了看身边的物理学家们,他们都沉默不语,紧锁眉头思考着什么。

"还需要进一步解释吗?"排险者问。

"不,不需要了。"丁仪轻轻地摇摇头说。物理学家们本以为排险者会说出一个人类完全无法理解的概念,但没想到,他说出的东西人类的物理学界早在上世纪八十年代初就想到了,只是当时大多数人都认为那不过是一个新奇的假设,与现实毫无关系,以至现在几乎被遗忘了。

真空衰变的概念最初出现在 1980 年《物理评论》杂志上的一篇论文中,作者是西德尼·科尔曼和弗兰克·德卢西亚。早在这之前狄拉克就指出,我们宇宙中的真空可能是一种伪真空,在那似乎空无一物的空间里,幽灵般的虚粒子在短得无法想象的瞬间出现又消失,这瞬息间创生与毁灭的话剧在空间的每一点上无休止地上演,使得我们所说的真空实际上是一个沸腾的量子海洋,这就使得真空具有一定的能级。科尔曼和德卢西亚的新思想在于:他们认为某种高能过程可能产生出另一种状态的真空,这种真空的能级比现有的真空低,甚至可能出现能级为零的"真真空",这种真空的体积开始可能只有一个原子大小,但它一旦形成,周围相邻的高能级真空就会向它的能级跌落,变成与它一样的低能级真空,这就使得低能级真空的体积迅速扩大,形成一个球形,这个低能级真空球的扩张很快就能达到光速,球中的质子和中子将在瞬间衰变,这使得球内的物质世界全部蒸发,一切归于毁灭……

"以光速膨胀的低能级真空球将在 0.03 秒内毁灭地球,五个小时内毁灭太阳系,四年后毁灭最近的恒星,十万年后毁灭银河系……没有什么能阻止球体的膨胀,随着时间的推移,整个宇宙都难逃劫难。"排险者说。他的话正好接上了大多数人的思维,难道他能看到人类的思想?!排险者张开双臂,做出一个囊括一切的姿势,"如果把我们的宇宙看作一个广阔的海洋,我们就是海中的鱼儿,我们周围这无边无际的海水是那么清澈透明,以至于我们忘记了它的存在,现在我要告诉你们,这不是海水,是液体炸药,一粒火星就会引发毁灭一切的大灾难。作为宇宙排险者,我的职责就是在这些火星燃到危险的温度前扑灭它。"

丁仪说:"这大概不太容易,我们已知的宇宙有二百亿光年半径,即使对于你们这样的超级文明,这也是一个极其广阔的空间。"

排险者笑了笑,这是他第一次笑,这笑同样毫无特点:"没有你想的那么复杂。你们已经知道,我们目前的宇宙,只是大爆炸焰火的余烬,恒星和星系,不过是仍然保持着些许温热的飘散的烟灰罢了,这是一个低能级的宇宙,你们看到的类星体之类的高能天体只存在于遥远的过去,在目前的自然宇宙中,最高级别的能量过程,如大质量物体坠入黑洞,其能级也比大爆炸低许多数量级。在目前的宇宙中,发生创世级别的能量过程的唯一机会,只能来自其中的智慧文明探索宇宙终极奥秘的努力,这种努力会把大量的能量聚焦到一个微观点上,使这一点达到创世能级。所以,我们只需要监视宇宙中进化到一定程度的文明世界就行了。"

松田诚一问:"那么,你们是从何时起开始注意到人类的呢?普朗克时代吗?"

排险者摇摇头。

"那么是牛顿时代？也不是?！不可能远到亚里士多德时代吧？"

"都不是。"排险者说，"宇宙排险系统的运行机制是这样的：它首先通过散布在宇宙中的大量传感器监视已有生命出现的世界，当发现这些世界中出现有能力产生创世能级能量过程的文明时，传感器就发出警报，我这样的排险者在收到警报后将亲临那些世界监视其中的文明，但除非这些文明真要进行创世能级的试验，我们是绝不会对其进行任何干预的。"

这时，在排险者的头部左上方出现了一个黑色的正方形，约两米见方，正方形充满了深不见底的漆黑，仿佛现实被挖了一个洞。几秒钟后，那黑色的空间中出现了一个蓝色的地球影像，排险者指着影像说："这就是放置在你们世界上方的传感器拍下的地球影像。"

"这个传感器是在什么时候放置于地球的?"有人问。

"按你们的地质学纪年，在古生代末期的石炭纪。"

"石炭纪?！"

"那就是……三亿年前了！"人们纷纷惊呼。

"这……太早了些吧？"总工程师敬畏地问。

"早吗？不，是太晚了，当我们第一次到达石炭纪的地球，看到在广阔的冈瓦纳古陆上，皮肤湿滑的两栖动物在原生松林和沼泽中爬行时，真吓出了一身冷汗。在这之前的相当长的岁月里，这个世界都有可能突然进化出技术文明，所以，传感器应该在古生代开始时的寒武纪或奥陶纪就放置在这里。"

地球的影像向前推来，充满了整个正方形，镜头在各大陆间移动，让人想到一双警惕巡视的眼睛。

排险者说："你们现在看到的影像是在更新世末期拍摄的，距今37万年，对我们来说，几乎是在昨天了。"

地球表面的影像停止了移动,那双眼睛的视野固定在非洲大陆上,这个大陆正处于地球黑夜的一侧,看上去是一个由稍亮些的大洋三面围绕的大墨块。显然大陆上的什么东西吸引了这双眼睛的注意,焦距拉长,非洲大陆向前扑来,很快占据了整个画面,仿佛观察者正在飞速冲向地球表面。陆地黑白相间的色彩渐渐在黑暗中显示出来,白色的是第四纪冰期的积雪,黑色部分很模糊,是森林还是布满乱石的平原,只能由人想象了。镜头继续拉近,一个雪原充满了画面,显示图像的正方形现在全变成白色了,是那种夜间雪地的灰白色,带着暗暗的淡蓝。在这雪原上有几个醒目的黑点,很快可以看出那是几个人影,接着可以看出他们的身形都有些驼背,寒冷的夜风吹起他们长长的披肩乱发。图像再次变黑,一个人仰起的面孔充满了画面,在微弱的光线里无法看清这张面孔的细部,只能看出他的眉骨和颧骨很高,嘴唇长而薄。镜头继续拉近这似乎已不可能再近的距离,一双深陷的眼睛充满了画面,黑暗中的瞳仁中有一些银色的光斑,那是映在其中的变形的星空。

图像定格,一声尖厉的鸣叫响起,排险者告诉人们,预警系统报警了。

"为什么?"总工程师不解地问。

"这个原始人仰望星空的时间超过了预警阈值,已对宇宙表现出了充分的好奇,到此为止,已在不同的地点观察到了十例这样的超限事件,符合报警条件。"

"如果我没记错的话,你前面说过,只有当有能力产生创世能级能量过程的文明出现时,预警系统才会报警。"

"你们看到的不正是这样一个文明吗?"

人们面面相觑,一片茫然。

排险者露出那毫无特点的微笑说:"这很难理解吗?当生命意

识到宇宙奥秘的存在时,距它最终解开这个奥秘只有一步之遥了。"看到人们仍不明白,他接着说:"比如地球生命,用了四十多亿年时间才第一次意识到宇宙奥秘的存在,但那一时刻距你们建成爱因斯坦赤道只有不到四十万年时间,而这一进程最关键的加速期只有不到五百年时间。如果说那个原始人对宇宙的几分钟凝视是看到了一颗宝石,其后你们所谓的整个人类文明,不过是弯腰去拾它罢了。"

丁仪若有所悟地点点头:"要说也是这样,那个伟大的望星人!"

排险者接着说:"以后我就来到了你们的世界,监视着文明的进程,像是守护着一个玩火的孩子,周围被火光照亮的宇宙使这孩子着迷,他不顾一切地把火越烧越旺,直到现在,宇宙已有被这火烧毁的危险。"

丁仪想了想,终于提出了人类科学史上最关键的问题:"这就是说,我们永远不可能得到大统一模型,永远不可能探知宇宙的终极奥秘?"

科学家们呆呆地盯着排险者,像一群在最后审判日里等待宣判的灵魂。

"智慧生命有多种悲哀,这只是其中之一。"排险者淡淡地说。

松田诚一声音颤抖地问:"作为更高一级的文明,你们是如何承受这种悲哀的呢?"

"我们是这个宇宙中的幸运儿,我们得到了宇宙的大统一模型。"

科学家们心中的希望之火又重新开始燃烧。

丁仪突然想到了另一种恐怖的可能:"难道说,真空衰变已被你们在宇宙的某处触发了?"

排险者摇摇头:"我们是用另一种方式得到的大统一模型,这一时说不清楚,以后我可能会详细地讲给你们听。"

"我们不能重复这种方式吗?"

排险者继续摇头:"时机已过,这个宇宙中的任何文明都不可能再重复它。"

"那请把宇宙的大统一模型告诉人类!"

排险者还是摇头。

"求求你,这对我们很重要,不,这就是我们的一切!!"丁仪冲动地去抓排险者的胳膊,但他的手毫无感觉地穿过了排险者的身体。

"知识密封准则不允许这样做。"

"知识密封准则?!"

"这是宇宙中文明世界的最高准则之一,它不允许高级文明向低级文明传递知识(我们把这种行为叫知识的管道传递),低级文明只能通过自己的探索来得到知识。"

丁仪大声说:"这是一个不可理解的准则:如果你们把大统一模型告诉所有渴求宇宙最终奥秘的文明,他们就不会试图通过创世能级的高能试验来得到它,宇宙不就安全了吗?"

"你想得太简单了:这个大统一模型只是这个宇宙的,当你们得到它后就会知道,还存在着无数其他的宇宙,你们接着又会渴求得到制约所有宇宙的超统一模型。而大统一模型在技术上的应用会使你们拥有产生更高能量过程的手段,你们会试图用这种能量过程击穿不同宇宙间的壁垒,不同宇宙间的真空存在着能级差,这就会导致真空衰变,同时毁灭两个或更多的宇宙。知识的管道传递还会对接收它的低级文明产生其他更直接的不良后果和灾难,其原因大部分你们目前还无法理解,所以知识密封准则是绝对不允许违反的。这个准则所说的知识不仅是宇宙的深层秘密,它是指所有你们不具备的知识,包括各个层次的知识:假设人类现在还不知道牛顿三定律或微积分，我也同样不能传授给你们。"

科学家们沉默了，在他们眼中，已升得很高的太阳熄灭了，一切都陷入黑暗之中，整个宇宙顿时变成一个巨大的悲剧，这悲剧之大之广他们一时还无法把握，只能在余生细水长流地受其折磨，事实上他们知道，余生已无意义。

松田诚一瘫坐在草地上，说了一句后来成为名言的话："在一个不可知的宇宙里，我的心脏懒得跳动了。"

他的话道出了所有物理学家的心声，他们目光呆滞，欲哭无泪。

就这样不知过了多长时间，丁仪突然打破沉默：

"我有一个办法，既可以使我得到大统一模型，又不违反知识密封准则。"

排险者对他点点头："说说看。"

"你把宇宙的终极奥秘告诉我，然后毁灭我。"

"给你三天时间考虑。"排险者说，他的回答不假思索，十分迅速，紧接着丁仪的话。

丁仪欣喜若狂："你是说这可行？！"

排险者点点头。

真理祭坛

人们是这么称呼那个巨大的半球体的，它的直径五十米，底面朝上球面向下放置在沙漠中，远看像一座倒放的山丘。这个半球是排险者用沙子筑成的，当时沙漠中出现了一股巨大的龙卷风，风中那高大的沙柱最后凝聚成这个东西。谁也不知道他是用什么东西使大量的沙子聚合成这样一个精确的半球形状，其强度使它球面朝下放置都不会解体。但半球这样的放置方式使它很不稳定，在沙漠的阵风里它有明显的摇晃。

据排险者说,在他的那个遥远世界里,这样的半球是一个论坛,在那个文明的上古时代,学者们就聚集在上面讨论宇宙的奥秘。由于这样放置的半球的不稳定性,论坛上的学者们必须小心地使他们的位置均匀地分布,否则半球就会倾斜,使上面的人都滑下来。排险者一直没有解释这个半球形论坛的含义,人们猜测,它可能是暗示宇宙的非平衡态和不稳定。

在半球的一侧,还有一条沙子构筑的长长的坡道,通过它可以从下面走上论坛。在排险者的世界里,这条坡道是不需要的:在纯能化之前的上古时代,他的种族是一种长着透明双翼的生物,可以直接飞到论坛上。这条坡道是专为人类修筑的,他们中的三百多人将通过它走上真理祭坛,用生命换取宇宙奥秘。

三天前,当排险者答应了丁仪的要求后,事情的发展令世界恐慌:在短短一天时间内,有几百人提出了同样的要求,这些人除了世界核子中心的其他科学家外,还有来自世界各国的学者,开始只有物理学家,后来报名者的专业越出了物理学和宇宙学,出现了数学、生物学等其他基础学科的科学家,甚至还有经济学和史学这类非自然科学的学者。这些要求用生命来换取真理的人,都是他们所在学科的刀锋,是科学界精英中的精英,其中诺贝尔奖获得者就占了一半,可以说,在真理祭坛前聚集了人类科学的精华。

真理祭坛前其实已不是沙漠了,排险者在三天前种下的草迅速蔓延,那条草带已宽了两倍,它那已变得不规则的边缘已伸到了真理祭坛下面。在这绿色的草地上聚集了上万人,除了这些即将献身的科学家和世界各大媒体的记者外,还有科学家们的亲人和朋友,两天两夜无休止的劝阻和哀求已使他们心力交瘁,精神都处于崩溃的边缘，但他们还是决定在这最后的时刻做最后的努力。与他们一同做这种努力的还有数量众多的各国政府的代表，其中包括十多位国家元首，他们也竭力留住自己国家的科学精英。

"你怎么把孩子带来了?!"丁仪盯着方琳问，在他们身后，毫不知情的文文正在草地上玩耍，她是这群表情阴沉的人中唯一的快乐者。

"我要让她看着你死。"方琳冷冷地说，她脸色苍白，双眼无目标地平视远方。

"你认为这能阻止我?"

"我不抱希望，但能阻止你女儿将来像你一样。"

"你可以惩罚我，但孩子……"

"没人能惩罚你，你也别把即将发生的事伪装成一种惩罚，你正走在通向自己梦中天堂的路上!"

丁仪直视着爱人的双眼说："琳，如果这是你的真实想法，那么你终于从最深处认识了我。"

"我谁也不认识，现在我的心中只有仇恨。"

"你当然有权恨我。"

"我恨物理学!"

"可如果没有它，人类现在还是丛林和岩洞中愚钝的动物。"

"但我现在并不比它们快乐多少!"

"但我快乐，也希望你能分享我的快乐。"

"那就让孩子也一起分享吧，当她亲眼看到父亲的下场，长大后至少会远离物理学这种毒品!"

"琳，把物理学称为毒品，你也就从最深处认识了它。看，在这两天你真正认识了多少东西，如果你早些理解这些，我们就不会有现在的悲剧了。"

那几位国家元首则在真理祭坛上努力劝说排险者,让他拒绝那些科学家的要求。

美国总统说:"先生——我可以这么称呼您吗?我们的世界里最出色的科学家都在这里了,您真想毁灭地球的科学吗?"

排险者说:"没有那么严重,另一批科学精英会很快涌现并补上他们的位置,对宇宙奥秘的探索欲望是所有智慧生命的本性。"

"既然同为智慧生命,您就忍心杀死这些学者吗?"

"这是他们自己的选择,生命是他们自己的,他们当然可以用它来换取自己认为崇高的东西。"

"这个用不着您来提醒我们!"俄罗斯总统激动地说,"用生命来换取崇高的东西对人类来说并不陌生,在上个世纪的一场战争中,我的国家就有两千多万人这么做了。但现在的事实是,那些科学家的生命什么都换不到!只有他们自己能得知那些知识,这之后,你只给他们十分钟的生存时间!他们对终极真理的欲望已成为一种地地道道的变态,这您是清楚的!"

"我清楚的是,他们是这个星球上仅有的正常人。"

元首们面面相觑,然后都困惑地看着排险者,说他们不明白他的意思。

排险者伸开双臂拥抱天空:"当宇宙的和谐之美一览无遗地展现在你面前时,生命只是一个很小的代价。"

"但他们看到这美后只能再活十分钟!"

"就是没有这十分钟,仅仅经历看到那终极之美的过程,也是值得的。"

元首们又互相看了看,都摇头苦笑。

"随着文明的进化,像他们这样的人会渐渐多起来的,"排险者指指真理祭坛下的科学家们说,"最后,当生存问题完全解决,当爱情因个体的异化和融合而消失,当艺术因过分的精致和晦涩而最终死亡,对宇宙终极美的追求便成为文明存在的唯一寄托,他们的这种行为方式也就符合了整个世界的基本价值观。"

元首们沉默了一会儿,试着理解排险者的话,美国总统突然哈哈大笑起来,"先生,您在耍我们,您在耍弄整个人类!"

排险者露出一脸困惑:"我不明白……"

日本首相说:"人类还没有笨到你想象的程度,你话中的逻辑错误连小孩子都明白!"

排险者显得更加困惑了:"我看不出这有什么逻辑错误。"

美国总统冷笑着说:"一万亿年后,我们的宇宙肯定充满了高度进化的文明,照您的意思,对终极真理的这种变态的欲望将成为整个宇宙的基本价值观,那时全宇宙的文明将一致同意,用超高能的试验来探索囊括所有宇宙的超统一模型,不惜在这种试验中毁灭包括自己在内的一切?您想告诉我们这种事会发生?!"

排险者盯着元首们长时间不说话,那怪异的目光使他们不寒而栗,他们中有人似乎悟出了什么:

"您是说……"

排险者举起一只手制止他说下去,然后向真理祭坛的边缘走去,在那里,他用响亮的声音对所有人说:

"你们一定很想知道我们是如何得到这个宇宙的大统一模型的,现在可以告诉你们了。

"很久很久以前,我们的宇宙比现在小得多,而且很热,恒星还没有出现,但已有物质从能量中沉淀出来,形成弥漫在发着红光的太空中的星云。这时生命已经出现了,那是一种力场与稀薄的物质共同构成的生物,其个体看上去很像太空中的龙卷风。这种星云生物的进化速度快得像闪电,很快产生了遍布全宇宙的高度文明。当星云文明对宇宙终极真理的渴望达到顶峰时,全宇宙的所有世界一致同意,冒着真空衰变的危险进行创世能级的试验,以探索宇宙的大统一模型。

"星云生物操纵物质世界的方式与现今宇宙中的生命完全不同,由于没有足够多的物质可供使用,他们的个体自己进化为自己想要的东西。在最后的决定做出后,某些世界中的一些个体飞快地进化,把自己进化为加速器的一部分。最后,上百万个这样的星云生物排列起来,组成了一台能把粒子加速到创世能级的高能加速器。加速器启动后,暗红色的星云中出现了一个发出耀眼蓝光的灿烂光环。

"他们深知这个试验的危险,在试验进行的同时把得到的结果用引力波发射出去,引力波是唯一能在真空衰变后存留下来的信息载体。

"加速器运行了一段时间后,真空衰变发生了,低能级的真空球从原子大小以光速膨胀,转眼间扩大到天文尺度,内部的一切蒸发殆尽。真空球的膨胀速度大于宇宙的膨胀速度,虽然经过了漫长的时间,最后还是毁灭了整个宇宙。

"漫长的岁月过去了,在空无一物的宇宙中,被蒸发的物质缓慢地重新沉淀凝结,星云又出现了,但宇宙一片死寂,直到恒星和行星出现,生命才在宇宙中重新萌发。而这时,早已毁灭的星云文明发出的引力波还在宇宙中回荡,实体物质的重新出现使它迅速衰减,但就在它完全消失以前,被新宇宙中最早出现的文明接收到,它所带的信息被破译,从这远古的试验数据中,新文明得到了大统一模型。他们发现,对建立模型最关键的数据,是在真空衰变前万分之一秒左右产生的。

"让我们的思绪再回到那个毁灭中的星云宇宙,由于真空球以光速膨胀,球体之外的所有文明世界都处于光锥视界之外,不可能预知灾难的到来,在真空球到达之前,这些世界一定在专心地接收着加速器产生的数据。在他们接收到足够建立大统一模型的数据后的万分之一秒,真空球毁灭了一切。但请注意一点:星云生物的思维频率极高,万分之一秒对他们来说是一段相当长的时间,所以他们有可能在生命的最后时刻推导出了大统一模型。当然,这也可能只是我们的一种自我安慰,更有可能的是他们最后什么也没推导出来,星云文明掀开了宇宙的面纱,但他们自己没来得及向宇宙那终极的美瞥一眼就毁灭了。更为可敬的是,开始试验前他们可能已经想到了这种可能,牺牲自己,把那些包含着宇宙终极秘密的数据传给遥远未来的文明。

"现在你们应该明白,对宇宙终极真理的追求,是文明的最终目标和归宿。"

排险者的讲述使真理祭坛上下的所有人陷入长久的沉思中,不管这个世界对他最后那句话是否认同,有一点可以肯定:它将对今后人类思想和文化的进程产生重大影响。

美国总统首先打破沉默说:"您为文明描述了一幅阴暗的前景,难道生命这漫长进程中所有的努力和希望,都是为了那飞蛾扑火的一瞬间?"

"飞蛾并不觉得阴暗,它至少享受了短暂的光明。"

"人类绝不可能接受这样的人生观!"

"这完全可以理解。在我们这个真空衰变后重生的宇宙中,文明还处于萌芽阶段,各个世界都有自己的生活方式,追求着不同的目标,对大多数世界来说,对终极真理的追求并不具有至高无上的意义,为此而冒着毁灭宇宙的危险,对宇宙中大多数生命是不公平的。即使在我自己的世界中,也并非所有的成员都愿意为此牺牲一切。所以,我们自己没有继续进行探索超统一模型的高能试验,并在整个宇宙中建立排险系统。但我们相信,随着文明的进化,总有一天宇宙中的所有世界都会认同文明的终极目标。其实就是现在,就是在你们这样一个婴儿文明中,已经有人认同了这个目标。好了,时间快到了,如果各位不想用生命换取真理,就请你们下去,让那些想这么做的人上来。"

元首们走下真理祭坛,来到那些科学家面前,进行最后的努力。

法国总统说:"能不能这样:把这事稍往后放一放,让我陪大家去体验另一种生活,让我们放松自己,在黄昏的鸟鸣中看着夜幕降临大地,在银色的月光下听着怀旧的音乐,喝着美酒想着你心爱的人……这时你们就会发现,终极真理并不像你们想得那么重要,与你们追求的虚无缥缈的宇宙和谐之美相比,这样的美更让人陶醉。"

一位物理学家冷冷地说:"所有的生活都是合理的,我们没必要互相理解。"

法国总统还想说什么,美国总统已失去了耐心:"好了,不要对牛弹琴了!您还看不出来这是怎样一群毫无责任心的人?还看不出这是怎样一群骗子?!他们声称为全人类的利益而研究,其实只是拿社会的财富满足自己的欲望,满足他们对那种玄虚的宇宙和谐美的变态欲望,这和拿公款嫖娼有什么区别?!"

丁仪挤上前来拍拍他的肩膀笑着说:"总统先生,科学发展到今天,终于有人对它的本质进行了比较准确的定义。"

旁边的松田诚一说:"我们早就承认这点,并反复声明,但一直没人相信我们。"

交　换

生命和真理的交换开始了。

第一批八位数学家沿着长长的坡道向真理祭坛上走去。这时，沙漠上没有一丝风，仿佛大自然屏住了呼吸，寂静笼罩着一切，刚刚升起的太阳把他们的影子长长地投在沙漠上，那几条长影是这个凝固的世界中唯一能动的东西。

数学家们的身影消失在真理祭坛上，下面的人们看不到他们了。所有的人都凝神听着，他们首先听到祭坛上传来的排险者的声音，在死一般的寂静中这声音很清晰：

"请提出问题。"

接着是一位数学家的声音："我们想看到哥德巴赫猜想的最后证明。"

"好的，但证明很长，时间只够你们看关键的部分，其余用文字说明。"

排险者是如何向科学家们传授知识的，以后对人类一直是个谜。在远处的监视飞机上拍下的图像中，科学家们都在仰起头看着天空，而他们看的方向上空无一物，一个普遍被接受的说法是：外星人用某种思维波把信息直接输入到他们的大脑中。但实际情况比那要简单得多：排险者把信息投射在天空上，在真理祭坛上的人看来，整个地球的天空变成了一个显示屏，而在祭坛之外的角度什么都看不到。

一个小时过去了，真理祭坛上有个声音打破了寂静，有人说："我们看完了。"

接着是排险者平静的回答："你们还有十分钟的时间。"

真理祭坛上隐隐传来了多个人的交谈声,只能听清只言片语,但能清楚地感受到那些人的兴奋和喜悦,像是一群在黑暗的隧道中跋涉了一年的人突然看到了洞口的光亮。

"这完全是全新的……""怎么可能……""我以前在直觉上……""天啊,真是……"

当十分钟就要结束时,真理祭坛上响起了一个清晰的声音:"请接受我们八个人真诚的谢意。"

真理祭坛上闪起一片强光,强光消失后,下面的人们看到八个等离子体火球从祭坛上升起,轻盈地向高处飘升,它们的光度渐渐减弱,由明亮的黄色变成柔和的橘红色,最后一个接一个地消失在蓝色的天空中,整个过程悄无声息。从监视飞机上看,真理祭坛上只剩下排险者站在圆心。

"下一批!"他高声说。

在上万人的凝视下,又有十一个人走上了真理祭坛。

"请提出问题。"

"我们是古生物学家,想知道地球上恐龙灭绝的真正原因。"

古生物学家们开始仰望长空,但所用的时间比刚才数学家们短得多,很快有人对排险者说:"我们知道了,谢谢!"

"你们还有十分钟。"

"好了,七巧板对上了……""做梦也不会想到那方面去……""难道还有比这更……"

然后强光出现又消失,十一个火球从真理祭坛上飘起,很快消失在沙漠上空。

…………

一批又一批的科学家走上真理祭坛,完成了生命和真理的交换,在强光中化为美丽的火球飘逝而去。

一切都在庄严与宁静中进行,真理祭坛下面,预料中生离死别的景象并没有出现,全世界的人们静静地看着这壮丽的景象,心灵被深深地震慑了,人类在经历着一场有史以来最大的灵魂洗礼。

一个白天的时间不知不觉过去了,太阳已在西方地平线处落下了一半,夕阳给真理祭坛洒上了一层金辉。物理学家们开始走向祭坛,他们是人数最多的一批,有八十六人。就在这一群人刚刚走上坡道时,从日出时一直持续到现在的寂静被一个童声打破了。

"爸爸!!"文文哭喊着从草坪上的人群中冲出来,一直跑到坡道前,冲进那群物理学家中,抱住了丁仪的腿,"爸爸,我不让你变成火球飞走!!"

丁仪轻轻抱起了女儿,问她:"文文,告诉爸爸,你能记起来的最让自己难受的事是什么?"

文文抽泣着想了几秒钟,说:"我一直在沙漠里长大,最……最想去动物园,上次爸爸去南方开会,带我去了那边的一个大大的动物园,可刚进去,你的电话就响了,说工作上有急事,那是个天然动物园,小孩儿一定要大人们带着才能进去,我也只好跟你回去了,后来你再也没时间带我去。爸爸,这是最让我难受的事儿,在回来的飞机上我一直哭。"

丁仪说:"但是,好孩子,那个动物园你以后肯定有机会去,妈妈以后会带文文去的。爸爸现在也在一个大动物园的门口,那里面也有爸爸做梦都想看到的神奇的东西,而爸爸如果这次不去,以后真的再也没机会了。"

文文用泪汪汪的大眼睛呆呆地看了爸爸一会儿,点点头说:"那……那爸爸就去吧。"

方琳走过来,从丁仪怀中抱走了女儿,眼睛看着前面矗立的真理祭坛说:"文文,你爸爸是世界上最坏的爸爸,但他真的很想去那个动物园。"

丁仪两眼看着地面,用近乎祈求的声调说:"是的,文文,爸爸真的很想去。"

方琳用冷冷的目光看着丁仪说:"冷血的基本粒子,去完成你最后的碰撞吧,记住,我绝不会让你女儿成为物理学家的!"

这群人正要转身走去,另一个女性的声音使他们又停了下来。

"松田君,你要再向上走,我就死在你面前!"

说话的是一位娇小美丽的日本姑娘,她此时站在坡道起点的草地上,把一支银色的小手枪顶在自己的太阳穴上。

松田诚一从那群物理学家中走了出来,走到姑娘的面前,直视着她的双眼说:"泉子,还记得北海道那个寒冷的早晨吗?你说要出道题考验我是否真的爱你,你问我,如果你的脸在火灾中被烧得不成样子,我该怎么办?我说我将忠贞不渝地陪伴你一生。你听到这回答后很失望,说我并不是真的爱你,如果我真的爱你,就会弄瞎自己的双眼,让一个美丽的泉子永远留在心中。"

泉子拿枪的手没有动,但美丽的双眼盈满了泪水。

松田诚一接着说:"所以,亲爱的,你深知美对一个人生命的重要,现在,宇宙终极之美就在我面前,我能不看她一眼吗?"

"你再向上走一步我就开枪!"

松田诚一对她微笑了一下,轻声说:"泉子,天上见。"然后转身和其他物理学家一起沿坡道走向真理祭坛,身后脆弱的枪声、脑浆溅落在草地上的声音和柔软的躯体倒地的声音,都没使他们回头。

物理学家们走上了真理祭坛那圆形的顶面,在圆心,排险者微笑着向他们致意。突然间,映着晚霞的天空消失了,地平线处的夕阳消失了,沙漠和草地都消失了,真理祭坛悬浮于无际的黑色太空中,这是创世前的黑夜,没有一颗星星。排险者挥手指向一个方向,物理学家们看到在遥远的黑色深渊中有一颗金色的星星,它开始小得难以看清,后来由一个亮点渐渐增大,开始具有面积和形状,他们看出那是一个向这里飘来的旋涡星系。星系很快增大,显出它磅礴的气势。距离更近一些后,他们发现星系中的恒星都是数字和符号,它们组成的方程式构成了这金色星海中的一排排波浪。

宇宙大统一模型缓慢而庄严地从物理学家们的上空移过。

…………

当八十六个火球从真理祭坛上升起时,方琳眼前一黑倒在草地上,她隐约听到文文的声音:"妈妈,那些火球中哪个是爸爸?"

最后一个上真理祭坛的人是史蒂芬·霍金,他的电动轮椅沿着长长的坡道慢慢向上移动,像一只在树枝上爬行的昆虫。他那仿佛已抽去骨骼的绵软的身躯瘫陷在轮椅中,像一支在高温中变软且即将熔化的蜡烛。

轮椅终于开上了祭坛,在空旷的圆面上开到了排险者面前。这时,太阳落下了一段时间,暗蓝色的天空中有零星的星星出现,祭坛周围的沙漠和草地模糊了。

"博士,您的问题?"排险者问,对霍金,他似乎并没有表示出比对其他人更多的尊重,他面带着毫无特点的微笑,听着博士轮椅上的扩音器中发出的呆板的电子声音:"宇宙的目的是什么?"

天空中没有答案出现,排险者脸上的微笑消失了,他的双眼中掠过了一丝不易觉察的恐慌。

"先生?"霍金问。

仍是沉默,天空仍是一片空旷,在地球的几缕薄云后面,宇宙的群星正在涌现。

"先生?"霍金又问。

"博士,出口在您后面。"排险者说。

"这是答案吗?"

排险者摇摇头:"我是说您可以回去了。"

"你不知道?"

排险者点点头说:"我不知道。"这时,他的面容第一次不仅是一个人类符号,一阵悲哀的黑云涌上这张脸,这悲哀表现得那样生动和富有个性,这时谁也不怀疑他是一个人,而且是一个最平常因而最不平常的普通人。

"我怎么知道。"排险者喃喃地说。

尾　声

十五年之后的一个夜晚,在已被变成草原的昔日的塔克拉玛干沙漠上,有一对母女正在交谈。母亲四十多岁,但白发已过早出现在她的双鬓,从那饱经风霜的双眼中透出的,除了忧伤就是疲倦。女儿是一位苗条的少女,大而清澈的双眸中映着晶莹的星光。

母亲在柔软的草地上坐下来,两眼失神地看着模糊的地平线说:"文文,你当初报考你爸爸母校的物理系,现在又要攻读量子引力专业的博士学位,妈都没拦你。你可以成为一名理论物理家,甚至可以把这门学科当作自己唯一的精神寄托,但,文文,妈求你了,千万不要越过那条线啊!"

文文仰望着灿烂的银河,说:"妈妈,你能想象,这一切都来自二百亿年前一个没有大小的奇点吗?宇宙早就越过那条线了。"

方琳站起来,抓着女儿的肩膀说:"孩子,求你别这样!"

文文双眼仍凝视着星空,一动不动。

"文文,你在听妈妈说话吗?你怎么了?!"方琳摇晃着女儿。文文的目光仍被星海吸住收不回来,她盯着群星问:

"妈妈,宇宙的目的是什么?"

"啊……不——"方琳彻底崩溃了,又跌坐在草地上,双手捂着脸抽泣着,"孩子,别,别这样!"

文文终于收回了目光,蹲下来扶着妈妈的双肩,轻声问道:"那么,妈妈,人生的目的是什么?"

这个问题像一块冰,使方琳灼烧的心立刻冷了下来,她扭头看了女儿一眼,然后看着远方深思着,十五年前,就在她看着的那个方向,曾矗立过真理祭坛,再远些,爱因斯坦赤道曾穿过沙漠。

微风吹来,草海上涌起道道波纹,仿佛是星空下无际的骚动的人海,向整个宇宙无声地歌唱着。

"不知道,我怎么知道呢?"方琳喃喃地说。

2001 年 9 月 26 日

初稿于娘子关

思想者

太　阳

他仍记得34年前第一次看到思云山天文台时的感觉,当救护车翻过一道山梁后,思云山的主峰在远方出现,观象台的球形屋顶反射着夕阳的金光,像镶在主峰上的几粒珍珠。

那时他刚从医学院毕业,是一名脑外科见习医生,作为主治医生的助手,到天文台来抢救一位不能搬运的重伤员,那是一名到这里做访问研究的英国学者,散步时不慎跌下山崖摔伤了脑部。到达天文台后,他们为伤员做了颅骨穿刺,吸出了部分淤血,降低了脑压,当伤员改善到能搬运的状态后,便用救护车送他到省城医院做进一步的手术。

离开天文台时已是深夜,在其他人向救护车上搬运伤员时,他好奇地打量着周围那几座球顶的观象台,它们的位置组合似乎有某种晦涩的含意,如月光下的巨石阵。在一种他在以后的人生中都百思不得其解的神秘力量的驱使下,他走向最近的一座观象台,推门走了进去。

里面没有开灯,但有无数小信号灯在亮着,他感觉是从有月亮的星空走进了没有月亮的星空。只有细细的一缕月光从球顶的一道缝隙透下来,投在高大的天文望远镜上,用银色的线条不完整地勾画出它的轮廓,使它看上去像深夜的城市广场中央一件抽象的现代艺术品。

他轻步走到望远镜的底部,在微弱的光亮中看到了一大堆装置,其复杂超出了他的想象,正在他寻找着可以把眼睛凑上去的镜头时,从门那边传来一个轻柔的女声:

"这是太阳望远镜,没有目镜的。"

一个穿着白色工作服的苗条身影走进门来,很轻盈,仿佛从月光中飘来的一片羽毛。这女孩子走到他面前,他感到了她带来的一股轻风。

"传统的太阳望远镜,是把影像投在一块幕板上,现在大多是在显示器上看了……医生,您好像对这里很感兴趣。"

他点点头:"天文台,总是一个超脱和空灵的地方,我挺喜欢这种感觉的。"

"那您干吗要从事医学呢?噢,我这么问很不礼貌的。"

"医学并不仅仅是琐碎的技术,有时它也很空灵,比如我所学的脑医学。"

"哦?您用手术刀打开大脑,能看到思想?"她说。他在微弱的光线中看到了她的笑容,想起了那从未见过的投射到幕板上的太阳,消去了逼人的光焰,只留下温柔的灿烂,不由心动了一下。他也笑了笑,并希望她能看到自己的笑容。

"我,尽量看吧。不过你想想,那用一只手就能托起的蘑菇状的东西,竟然是一个丰富多彩的宇宙,从某种哲学观点看,这个宇宙比你所观察的宇宙更为宏大,因为你的宇宙虽然有几百亿光年大,但好像已被证明是有限的;而我的宇宙无限,因为思想无限。"

"呵,不是每个人的思想都是无限的,但医生,您可真像是有无限想象的人。至于天文学,它真没有您想象得那么空灵,在几千年前的尼罗河畔和几百年前的远航船上,它曾是一门很实用的技术,那时的天文学家,往往长年累月在星图上标注出成千上万颗恒星的位置,把一生消耗在星星的人口普查中。就是现在,天文学的具体研究工作大多也是枯燥乏味没有诗意的,比如我从事的项目,我研究恒星的闪烁,没完没了地观测记录再观测再记录,很不超脱,也不空灵。"

他惊奇地扬起眉毛:"恒星在闪烁吗?像我们看到的那样?"看到她笑而不语,他自嘲地笑着摇摇头,"噢,我当然知道那是大气折射。"

她点点头:"不过呢,作为一个视觉比喻这还真形象,去掉基础恒量,只显示输出能量波动的差值,闪烁中的恒星看起来还真是那个样子。"

"是由黑子、斑耀什么的引起的吗?"

她收起笑容,庄严地摇摇头:"不,这是恒星总体能量输出的波动,其动因要深刻得多,如同一盏电灯,它的光度变化不是由于周围的飞蛾,而是由于电压的波动。当然恒星的闪烁波动是很微小的,只有十分精密的观测仪器才能觉察出来,要不我们早被太阳的闪烁烤焦了。研究这种闪烁,是了解恒星的深层结构的一种手段。"

"你已经发现了什么?"

"还远不到发现什么的时候,到目前为止我们还只观测了一颗最容易观测的恒星——太阳的闪烁,这种观测可能要持续数年,同时把观测目标由近至远,逐步扩展到其他恒星……知道吗,我们可能花十几年的时间在宇宙中采集标本,然后才谈得上归纳和发现。这是我博士论文的题目,但我想我会一直把它做下去的,用一生也说不定。"

"如此看来,你并不真觉得天文学枯燥。"

"我觉得自己在从事一项很美的事业,走进恒星世界,就像进入一个无限广阔的花园,这里的每一朵花都不相同……您肯定觉得这个比喻有些奇怪,但我确实有这种感觉。"

她说着,似乎是无意识地向墙上指指,向那方向看去,他看到墙上挂着一幅画,很抽象,画面只是一条连续起伏的粗线。注意到他在看什么时,她转身走过去从墙上取下那幅画递给他,他发现那条起伏的粗线是用思云山上的雨花石镶嵌而成的。

"很好看,但这表现的是什么呢?一排邻接的山峰吗?"

"最近我们观测到太阳的一次闪烁,其剧烈的程度和波动方式在近年来的观测中都十分罕见,这幅画就是它那次闪烁时辐射能量波动的曲线。呵,我散步时喜欢收集山上的雨花石,所以……"

但此时吸引他的是另一条曲线,那是信号灯的弱光在她身躯的一侧勾出的一道光边,而她的其余部分都与周围的暗影融为一体。如同一位卓越的国画大师在一张完全空白的宣纸上信手勾出的一条飘逸的墨线,仅由于这条柔美曲线的灵气,宣纸上所有的一尘不染的空白立刻充满了生机和内涵……在山外他生活的那座大都市里,每时每刻都有上百万个青春靓丽的女孩子在追逐着浮华和虚荣,像一大群做布朗运动的分子,没有给思想留出哪怕一瞬间的宁静。但谁能想到,在这远离尘嚣的思云山上,却有一个文静的女孩子在长久地凝视星空……

"你能从宇宙中感受到这样的美,真是难得,也很幸运。"他觉察到了自己的失态,收回目光,把画递还给她,但她轻轻地推了回来。

"送给您做个纪念吧,医生,威尔逊教授是我的导师,谢谢你们救了他。"

十分钟后,救护车在月光中驶离了天文台。后来,他渐渐意识到自己的什么东西留在了思云山上。

时光之一

直到结婚时,他才彻底放弃了与时光抗衡的努力。这一天,他把自己单身宿舍的东西都搬到了新婚公寓,除了几件不适于两人共享的东西,他把这些东西拿到了医院的办公室,漫不经心地翻看着,其中有那幅雨花石镶嵌画,看着那条多彩的曲线,他突然想到,思云山之行已经是十年前的事了。

人马座 α 星

这是医院里年轻人组织的一次春游,他很珍惜这次机会,因为以后这类事越来越不可能请他参加了。这次旅行的组织者故弄玄虚,在路上一直把所有车窗的帘子紧紧拉上,到达目的地下车后让大家猜这是哪儿,第一个猜中者会有一份不错的奖励。他一下车立刻知道了答案,但沉默不语。

思云山的主峰就在前面,峰顶上那几个珍珠似的球形屋顶在阳光下闪亮。

当有人猜对这个地方后,他对领队说要到天文台去看望一个熟人,然后径自沿着那条通向山顶的盘山公路徒步走去。

他没有说谎,但心里也清楚那个连姓名都不知道的她并不是天文台的工作人员,十年后她不太可能还在这里。其实他压根就没想走进去,只是想远远地看看那个地方,十年前在那里,他那阳光灿烂燥热异常的心灵泻进了第一缕月光。

一小时后他登上了山顶,在天文台的油漆已斑驳褪色的白色栅栏旁,他默默地看着那些观象台,这里变化不大,他很快便认出了那座曾经进去过的圆顶建筑。他在草地上的一块方石上坐下,点燃一支烟,出神地看着那扇已被岁月留下痕迹的铁门,脑海中一遍遍重放着那珍藏在他记忆深处的画面:那铁门半开着,一缕如水的月光中,飘进了一片轻盈的羽毛……他完全沉浸在那逝去的梦中,以至于现实的奇迹出现时并不吃惊:那个观象台的铁门真的开了,那片曾在月光中出现的羽毛飘进阳光里,她那轻盈的身影匆匆而去,进入了相邻的另一座观象台。这过程只有十几秒钟,但他坚信自己没有看错。

五分钟后,他和她重逢了。

他是第一次在充足的光线下看到她,她与自己想象得完全一样,对此他并不惊奇,但转念一想已经十年了,那时在月光和信号灯弱光中隐现的她与现在应该不太一样,这让他很困惑。

她见到他时很惊喜,但除了惊喜似乎没有更多的东西:"医生,您知道我是在各个天文台巡回搞观测项目的,一年只能有半个月在这里,又遇上了您,看来我们真有缘分!"她轻易地说出了最后那句话,更证实了他的感觉:她对他并没有更多的东西,不过,想到十年后她还能认出自己,他感到一丝安慰。

他们谈了几句那个脑部受伤的英国学者后来的情况,然后他问:"你还在研究恒星闪烁吗?"

"是的。对太阳闪烁的观测进行了两年,然后我们转向其他恒星,您容易理解,这时所需的观测手段与对太阳的观测完全不同,项目没有新的资金,中断了好几年,我们三年前才重新恢复了这个项目,现在正在观测的恒星有二十五颗,数量和范围还在扩大。"

"那你一定又创作了不少雨花石画。"

他这十年中从记忆深处无数次浮现的那月光中的笑容,这时在阳光下出现了:"啊,您还记得那个!是的,我每次来思云山还是喜欢收集雨花石,您来看吧!"

她带他走进了十年前他们相遇的那座观象台,他迎面看到一架高大的望远镜,不知道是不是十年前的那架太阳望远镜,但周围的电脑设备都很新,肯定不是那时留下来的。她带他来到一面高大的弧形墙前,他在墙上看到了熟悉的东西:大小不一的雨花石镶嵌画。每幅画都只是一条波动曲线,长短不一,有的平缓如海波,有的陡峭如一排高低错落的塔松。

她挨个告诉他这些波形都来自哪些恒星:"这些闪烁我们称为恒星的 A 类闪烁,与其他闪烁相比它们出现的次数较少。A 类闪烁与恒星频繁出现的其他闪烁的区别,除了其能量波动的剧烈程度大几个数量级外,其闪烁的波形在数学上也更具美感。"

他困惑地摇摇头:"你们这些基础理论科学家时常在谈论数学上的美感,这种感觉好像是你们的专利,比如你们认为很美的麦克斯韦方程,我曾经看懂了它,但看不出美在哪儿……"

像十年前一样,她突然又变得庄严了:"这种美像水晶,很硬,很纯,很透明。"

他突然注意到了那些画中的一幅,说:"哦,你又重作了一幅?"看到她不解的神态,他又说:"就是你十年前送给我的那幅太阳闪烁的波形图呀。"

"可……这是人马座 α 星的一次 A 类闪烁的波形,是在……嗯,去年 10 月观测到的。"

他相信她表现出的迷惑是真诚的,但他更相信自己的判断,这个波形他太熟悉了,不仅如此,他甚至能够按顺序回忆出组成那条曲线的每一粒雨花石的色彩和形状。他不想让她知道,在过去十年里,除去他结婚的最后一年,他一直把这幅画挂在单身宿舍的墙上,每个月总有那么几天,熄灯后窗外透进的月光足以使躺在床上的他看清那幅画,这时他就开始默数那组成曲线的雨花石,让自己的目光像一只甲虫沿着曲线爬行,一般来说,当爬完一趟又返回一半路程时他就睡着了,在梦中继续沿着那条来自太阳的曲线漫步,像踏着块块彩石过一条永远见不到彼岸的河……

"你能够查到十年前的那条太阳闪烁曲线吗?日期是那年的 4 月 23 日。"

"当然能。"她用很特别的目光看了他一眼,显然对他如此清晰地记得那日期有些吃惊。她来到电脑前,很快调出了那列太阳闪烁波形,然后又调出了墙上的那幅画上的人马座 α 星闪烁波形,他立刻在屏幕前呆住了。

两列波形完美地重叠在一起。

当沉默延长到无法忍受时,他试探着说:"也许,这两颗恒星的结构相同,所以闪烁的波形也相同,你说过,A 类闪烁是恒星深层结构的反映。"

"它们虽同处主星序,光谱型也同为 G2,但结构并不完全相同。关键在于,就是结构相同的两颗恒星也不会出现这样的情况,都是榕树,您见过长得完全相同的两棵吗?如此复杂的波形竟然完全重叠,这就相当于有两棵连最末端的枝丫都一模一样的大榕树。"

"也许,真有两棵一模一样的大榕树。"他安慰说,知道自己的话毫无意义。

她轻轻地摇摇头,突然又想到了什么,猛地站起来,目光中除了刚才的震惊又多了恐惧。

"天啊!"她说。

"什么?"他关切地问。

"您……想过时间吗?"

他是个思维敏捷的人,很快捕捉到她的想法:"据我所知,人马座 α 星是距我们最近的恒星,这距离好像是……4 光年吧。"

"1.3 秒差距,就是 4.25 光年。"她仍被震惊攫住,这话仿佛是别人通过她的嘴说出的。

现在事情清楚了:两个相同的闪烁出现的时间相距 8 年零 6 个月,正好是光在两颗恒星间往返一趟所需的时间。当太阳的闪烁光线在 4.25 年后传到人马座 α 星时,后者发生了相同的闪烁,又过了同样长的时间,人马座 α 星的闪烁光线传回来,被观测到。

她又伏在计算机上进行了一阵演算,自语道:"即使把这些年来两颗恒星的相互运行考虑进去,结果仍能精确地对上。"

"让你如此不安我很抱歉,不过这毕竟是一件无法进一步证实的事,不必太为此烦恼吧。"他又想安慰她。

"无法进一步证实吗? 也不一定:太阳那次闪烁的光线仍在太空中传播,也许会再次导致一颗恒星产生相同的闪烁。"

"比人马座 α 星再远些的下一颗恒星是……"

"巴纳德星,1.81 秒差距,但它太暗,无法进行闪烁观测;再下一颗,佛耳夫 359,2.35 秒差距,同样太暗,不能观测;再往远,莱兰 21185,2.52 秒差距,还是太暗……只有到天狼星了。"

"那好像是我们能看到的最亮的恒星了,有多远?"

"2.65 秒差距,也就是 8.6 光年。"

"现在太阳那次闪烁的光线在太空中已行走了 10 年,已经到了那里,也许天狼星已经闪烁过了。"

"但它闪烁的光线还要再等 7 年多才能到达这里。"

她突然像从梦中醒来一样,摇着头笑了笑:"呵,天啊,我这是怎么了?太可笑了!"

"你是说,作为一名天文学家,有这样的想法很可笑?"

她很认真地看着他:"难道不是吗?作为脑外科医生,如果您同别人讨论思想是来自大脑还是心脏,有什么感觉?"

他无话可说了,看到她在看表,他便起身告辞,她没有挽留他,但沿下山的公路送了他很远。他克制了朝她要电话号码的冲动,因为他知道,自己在她眼中不过是一个10年后又偶然重逢的陌路人而已。

告别后,她返身向天文台走去,山风吹拂着她那白色的工作衣,突然唤起他10年前那次告别的感觉,阳光仿佛变成了月光,那片轻盈的羽毛正离他远去……像一个落水者极力抓住一根稻草,他决意要维持他们之间那蛛丝般的联系,几乎是本能地,他冲她的背影喊道:

"如果7年后你看到天狼星真的那样闪烁了……"

她停下脚步转过身来,微笑着回答他:"那我们就还在这里见面!"

时光之二

婚姻使他进入了一种完全不同的生活,但真正彻底改变生活的是孩子,自从孩子出生后,生活的列车突然由慢车变成特快,越过一个又一个沿途车站,永不停息地向前赶路。旅途的枯燥使他麻木了,他闭上双眼不再看沿途那千篇一律的景色,在疲倦中自顾自睡去。但同许多在火车上睡觉的旅客一样,心灵深处的一个小小的时钟仍在走动,使他在到达目的地前的一分钟醒来。

这天深夜,妻儿都已睡熟,他难以入睡,一种神秘的冲动使他披衣来到阳台上。他仰望着在城市的光雾中暗淡了许多的星空,在寻找着,找什么呢?好一会儿他才在心里回答自己:找天狼星。这时他不由打了一个寒颤。

10年已经过去,现在,距他和她相约的那个日子只有两天了。

天狼星

昨天下了今年的第一场雪,路面很滑,最后一段路出租车不能走了,他只好再一次徒步攀登思云山的主峰。

路上,他不止一次地质疑自己的精神是否正常。事实上,她赴约的可能性为零,理由很简单:天狼星不可能像17年前的太阳那样闪烁。在这7年里,他涉猎了大量的天文学和天体物理学知识,7年前那个发现的可笑让他无地自容,她没有当场嘲笑,也让他感激万分。现在想想,她当时那种认真的样子,不过是一种得体的礼貌而已,7年间他曾无数次回味分别时她的那句诺言,越来越从中体会出一种调侃的意味……随着天文观测向太空轨道的转移,思云山天文台在4年前就不存在了,那里的建筑变成了度假别墅,在这个季节已空无一人,他到那儿去干什么?想到这里他停下了脚步,这7年的岁月显示出了它的力量,他再也不可能像当年那样轻松地登山了。他犹豫了一会儿,最终还是放弃了返回的念头,继续向前走。

在这人生过半之际,就让自己最后追一次梦吧。

所以,当他看到那个白色的身影时,他真以为是幻觉。天文台旧址前的那个穿着白色风衣的身影与积雪的山地背景融为一体,最初很难分辨,但她看到他时就向这边跑过来,这使他远远看到了那片飞过雪地的羽毛。他只是呆立着,一直等她跑到面前。她喘息着一时说不出话来,他看到,除了长发换成短发,她没变太多,7年不是太长的时间,对于恒星的一生来说连弹指一挥间都算不上,而她是研究恒星的。

她看着他的眼睛说:"医生,我本来不抱希望能见到您,我来只是为了履行一个诺言,或者说满足一个心愿。"

"我也是。"他点点头。

"我甚至,甚至差点错过了观测时间,但我没有真正忘记这事,只是把它放到记忆中一个很深的地方,在几天前的一个深夜里,我突然想到了它……"

"我也是。"他又点点头。

他们沉默了,只听到阵阵松涛声在山间回荡。"天狼星真的那样闪烁了?"他终于问道,声音微微发颤。

她点点头:"闪烁波形与17年前太阳那次和7年前人马座α星那次精确重叠,一模一样,闪烁发生的时间也很精确。这是孔子三号太空望远镜的观测结果,不会有错的。"

他们又陷入长时间的沉默,松涛声在起伏轰响,他觉得这声音已从群山间盘旋而上,充盈在天地之间,仿佛是宇宙间的某种力量在进行着低沉而神秘的合唱……他不由打了个寒颤。她显然也有同样的感觉,打破沉默,似乎只是为了摆脱这种恐惧。

"但这种事情,这种已超出了所有现有理论的怪异,要想让科学界严肃地面对它,还需要更多的观测和证据。"

他说:"我知道,下一个可观测的恒星是……"

"本来小犬座的南河二星可以观测,但五年前该星的亮度急剧减弱到可测值以下,可能是飘浮到它附近的一片星际尘埃所致,这样,下一次只能观测天鹰座的河鼓二星了。"

"它有多远?"

"5.1秒差距,16.6光年,17年前的太阳闪烁信号刚刚到达那颗恒星。"

"这就是说,还要再等将近17年?"

她缓缓地点点头:"人生苦短啊。"

她最后这句话触动了他心灵深处的什么东西,他那被冬风吹得发干的双眼突然有些湿润:"是啊,人生苦短。"

她说:"但我们至少还有时间再这样相约一次。"

这话使他猛地抬起头来,呆呆地望着她,难道又要分别17年?!

"请您原谅,我现在心里很乱,我需要时间思考。"她拂开被风吹到额前的短发说,然后看透了他的心思,动人地笑了起来,"当然,我给您我的电话和邮箱,如果您愿意的话,我们以后常联系。"

他长长地松了一口气,仿佛缥缈大洋上的航船终于看到了岸边的灯塔,心中充满了一种难言的幸福感,"那……我送你下山吧。"

她笑着摇摇头,指指后面的圆顶度假别墅:"我要在这里住一阵儿,别担心,这里有电,还有一户很好的人家,是常驻山里的护林哨……我真的需要安静,很长时间的安静。"

他们很快分手,他沿着积雪的公路向山下走去,她站在思云山的顶峰上久久地目送着他,他们都准备好了这17年的等待。

时光之三

在第三次从思云山返回后,他突然看到了生命的尽头,他和她的生命都再也没有多少个17年了,宇宙的广漠使光都慢得像蜗牛,生命更是灰尘般微不足道。

在这17年的头5年里他和她保持着联系,他们互通电子邮件,有时也打电话,但从未见过面,她居住在另一个很远的城市。以后,他们各自都走向人生的巅峰,他成为著名脑医学专家和这个大医院的院长,她则成为国家科学院院士。他们要操心的事情多了起来,同时他明白,同一个已取得学术界最高地位的天文学家,过多地谈论那件把他们联系在一起的神话般的事件是不适宜的。于是他和她相互间的联系渐渐少了,到17年过完一半时,这联系完全断了。

但他很坦然,他知道他们之间还有一个不可能中断的纽带,那就是在广漠的外太空中正在向地球日夜兼程的河鼓二的星光,他们都在默默地等待它的到达。

河鼓二星

他和她在思云山主峰见面时正是深夜,双方都想早来些以免让对方等自己,所以都在凌晨3点多攀上山来。他们各自的飞行车都能轻而易举地到达山顶,但两人都不约而同地把车停在山脚下,徒步走上山来,显然都想找回过去的感觉。

自从10年前被划为自然保护区后,思云山成了这世界上少有的越来越荒凉的地方,昔日的天文台和度假别墅已成为一片被藤蔓覆盖的废墟,他和她就在这星光下的废墟间相见。他最近还在电视上见过她,所以已熟悉岁月在她身上留下的痕迹,但今夜没有月亮,无论怎样想象,他都觉得面前的她还是34年前那个月光中的少女,她的双眸映着星光,让他的心溶化在往昔的感觉中。

她说:"我们先不要谈河鼓二好吗?这几年我在主持一个研究项目,就是观测恒星间A类闪烁的传递。"

"呵,我一直以为你不敢触及这个发现,或干脆把它忘了呢。"

"怎么会呢?真实的存在就应该去正视,其实就是经典的相对论和量子力学描述的宇宙,其离奇和怪异已经不可思议了……这几年的观测发现，A类闪烁的传递是恒星间的一种普遍现象，每时每刻都有无数颗恒星在发生初始的A类闪烁，周围的恒星再把这个闪烁传递开去，任何一颗恒星都可能成为初始闪烁的产生者或其他恒星闪烁的传递者，所以整个星际看起来很像是雨中泛起无数圈涟漪的池塘……怎么，你并不感到吃惊？"

"我只是感到不解：仅观测了四颗恒星的闪烁传递就用了三十多年，你们怎么可能……"

"你是个十分聪明的人，应该能想到一个办法。"

"我想……是不是这样：寻找一些相互之间相距很近的恒星来观测，比如两颗恒星A和B，它们距地球都有一万光年，但它们之相相距仅5光年，这样你们就能用5年时间观察到它们一万年前的一次闪烁传递。"

"你真的是聪明人！银河系内有上千亿颗恒星，可以找到相当数量的这类恒星对。"

他笑了笑，并像34年前一样，希望她能在夜色中看到自己的笑："我给你带来了一件礼物。"他说着，打开背上山来的一个旅行包，拿出一个很奇怪的东西，足球大小，初看上去像是一团胡乱团起的渔网，对着天空时，透过它的孔隙可以看到断断续续的星光。他打开手电，她看到那东西是由无数米粒大小的小球组成的，每个小球都伸出数目不等的几根细得几乎看不见的细杆与其他小球相连，构成了一个极其复杂的网架系统。他关上手电，在黑暗中按了一下网架底座上的一个开关，网架中突然充满了快速移动的光点，令人眼花缭乱，她仿佛在看着一个装进了几万只萤火虫的空心玻璃球。再定睛细看，她发现光点最初都是由某一个小球发出，然后向周围的小球传递，每时每刻都有一定比例的小球在发出原始光点，或传递别的小球发出的光点，她形象地看到了自己的那个比喻：雨中的池塘。

"这是恒星闪烁传递模型吗?!啊,真美,难道……你已经预见到这一切?!"

"我确实猜测恒星闪烁传递是宇宙间的一种普遍现象,当然是仅凭直觉。但这个东西不是恒星闪烁传递模型。我们院里有一个脑科学研究项目,用三维全息分子显微定位技术,研究大脑神经元之间的信号传递,这就是一小部分右脑皮层的神经元信号传递模型,当然只是很小很小一部分。"

她着迷地盯着这个星光窜动的球体:"这就是意识吗?"

"是的,正如巨量的0和1的组合产生了计算机的运算能力一样,意识也只是由巨量的简单连接产生的,这些神经元间的简单连接聚集到一个巨大的数量,就产生了意识,换句话说,意识,就是超巨量的节点间的信号传递。"

他们默默地注视着这个星光灿烂的大脑模型,在他们周围的宇宙深渊中,飘浮着银河系的千亿颗恒星,和银河系外的千亿个恒星系,在这无数的恒星之间,无数的A类闪烁正在传递。

她轻声说:"天快亮了,我们等着看日出吧。"

于是他们靠着一堵断墙坐下来,看着放在前面的大脑模型,那闪闪的荧光有一种强烈的催眠作用,她渐渐睡着了。

思想者

她逆着一条苍茫的灰色大河飞行,这是时光之河,她在飞向时间的源头,群星像寒冷的冰碛飘浮在太空中。她飞得很快,扑动一下双翅就越过上亿年时光。宇宙在缩小,群星在会聚,背景辐射在剧增,百亿年过去了,群星的冰碛开始在能量之海中融化,很快消散为自由的粒子,后来粒子也变为纯能。太空开始发光,最初是暗红色,她仿佛潜行在能量的血海之中;后来光芒急剧增强,由暗红变成橘黄,再变为刺目的纯蓝,她似乎在一个巨大的霓虹灯管中飞行,物质粒子已完全溶解于能量之海中。透过这炫目的空间,她看到宇宙的边界球面如巨掌般收拢,她悬浮在这已收缩到只有一间大厅般大小的宇宙中央,等待着奇点的来临。终于一切陷入漆黑,她知道已在奇点中了。

一阵寒意袭来,她发现自己站立在广阔的白色平原上,上面是无限广阔的黑色虚空。看看脚下,地面是纯白色的,覆盖着一层湿滑的透明胶液。她向前走,来到一条鲜红的河流边,河面覆盖着一层透明的膜,可以看到红色的河水在膜下涌动。她离开大地飞升而上,看到血河在不远处分了岔,还有许多条树枝状的血河,构成了一个复杂的河网。再上升,血河细化为白色大地上的血丝,而大地仍是一望无际。她向前飞去,前面出现了一片黑色的海洋,飞到海洋上空时她才发现这海不是黑的,呈黑色是因为它深而完全透明,广阔海底的山脉历历在目,这些水晶状的山脉呈放射状由海洋的中心延伸到岸边……她拼命上升,不知过了多长时间才再次向下看,这时整个宇宙已一览无遗。

这宇宙是一只静静地看着她的巨大的眼睛。

…………

她猛地醒来,额头湿湿的,不知是汗水还是露水。他没睡,一直在她身边默默地看着她,他们前面的草地上,大脑模型已耗完了电池,穿行于其中的星光熄灭了。

在他们上方,星空依旧。

"'他'在想什么?"她突然问。

"现在吗?"

"在这 34 年里。"

"源于太阳的那次闪烁可能只是一次原始的神经元冲动,这种冲动每时每刻都在发生,大部分像蚊子在水塘中点起的微小涟漪,转瞬即逝,只有传遍全宇宙的冲动才能成为一次完整的感受。"

"我们耗尽了一生时光,只看到'他'的一次甚至自己都感觉不到的瞬间冲动?"她迷茫地说,仿佛仍在梦中。

"耗尽整个人类文明的寿命,可能也看不到'他'的一次完整的感觉。"

"人生苦短啊。"

"是啊,人生苦短……"

"一个真正意义上的孤独者。"她突然没头没尾地说。

"什么?"他不解地看着她。

"呵,我是说'他'之外全是虚无,'他'就是一切,还在想,也许还做梦,梦见什么呢……"

"我们还是别试图做哲学家吧!"他一挥手像赶走什么似的说。

她突然想起了什么,从靠着的断墙上直起身说:"按照现代宇宙学的宇宙暴胀理论,在膨胀的宇宙中,从某一点发出的光线永远也不可能传遍宇宙。"

"这就是说,'他'永远也不可能有一次完整的感觉。"

她两眼平视着无限远处,沉默许久,突然问道:"我们有吗?"

她的这个问题令他陷入了对往昔的追忆,这时,思云山的丛林中传来了第一声鸟鸣,东方的天际出现了一线晨光。

"我有过。"他很自信地回答。是的,他有过,那是 34 年前,在这个山峰上的一个宁静的月夜,一个月光中羽毛般轻盈的身影,一双仰望星空的少女的眼睛……他的大脑中发生了一次闪烁,并很快传遍了他的整个心灵宇宙,在以后的岁月中,这闪烁一直没有消失。

这个过程更加宏伟壮丽，大脑中所包含的那个宇宙，要比这个星光灿烂的已膨胀了 150 亿年的外部宇宙更为宏大，外部宇宙虽然广阔，毕竟已被证明是有限的，而思想无限。

东方的天空越来越亮，群星开始隐没，思云山露出了剪影般的轮廓，在它高高的主峰上，在那被蔓藤覆盖的天文台废墟中，这两个年近六十的人期待地望着东方，等待着那个光辉灿烂的脑细胞升出地平线。

2002 年 7 月 24 日于娘子关

中国太阳

水娃从娘颤颤的手中接过那个小小的包裹，包裹中有娘做的一双厚底布鞋，三个馍，两件打了大块补丁的衣裳，二十块钱。爹蹲在路边，闷闷地抽着旱烟锅。

"娃要出门了，你就不能给个好脸？"娘对爹说，爹仍蹲在那儿，还是闷闷地一声不吭，娘又说："不让娃出去，你能出钱给他盖房娶媳妇啊？！"

"走！东一个西一个都走述了，养他们还不如养窝狗！"爹干号着说，头也不抬。

水娃抬头看看自己出生和长大的村庄，这处于永恒干旱中的村庄，只靠着水窖中积下的一点雨水过活。水娃家没钱修水泥窖，还是用的土水窖，那水一到大热天就臭了。往年，这臭水热开了还能喝，就是苦点儿涩点儿，但今年夏天，那水热开了喝都拉肚子，听附近部队上的医生说，是地里什么有毒的石头溶进水里了。

水娃又低头看了爹一眼，转身走去，没有再回头。他不指望爹抬头看他一眼，爹心里难受时就那么蹲着抽闷烟，一蹲能蹲几个小时，仿佛变成了黄土地上的一大块土疙瘩。但他分明又看到了爹的脸,或者说,他就走在爹的脸上,看周围这广阔的西北土地,干干的黄褐色,布满了水土流失刻出的裂纹,不就是一张老农的脸吗?这里的什么都是这样,树、地、房子、人,黑黑黄黄,皱巴巴的。他看不到这张伸向天边的巨脸的眼睛,但能感觉到它的存在,那双巨眼在望着天空,年轻时那目光充满着对雨的企盼,年老时就只剩呆滞了。其实这张巨脸一直是呆滞的,他不相信这块土地还有过年轻的时候。

一阵干风吹过,前面这条出村的小路淹没于黄尘中,水娃沿着这条路走去,迈出了他新生活的第一步。

这条路,将通向一个他做梦都想不到的地方。

人生第一个目标:喝点不苦的水,挣点钱

"哟,这么些个灯!"

水娃到矿区时天已黑了,这个矿区是由许多私开的小窑煤矿组成的。

"这算啥?城里的灯那才叫多哩。"来接他的国强说。国强也是水娃村里的,出来好多年了。

水娃随国强来到工棚住下,吃饭时喝的水居然是甜丝丝的!国强告诉他,矿上打的是深井,水当然不苦了,但他又加了一句:"城里的水才叫好喝呢!"

睡觉时国强递给水娃一包硬邦邦的东西当枕头,打开看,是黑塑料皮包着的一根根圆棒棒,再打开塑料皮,看到那棒棒黄黄的,像肥皂。

"炸药。"国强说,翻身呼呼睡着了。水娃看到他也枕着这东西,床底下还放着一大堆,头顶上吊着一大把雷管。后来水娃知道,这些东西足够把他的村子一窝端了!国强是矿上的放炮工。

矿上的活儿很苦很累,水娃前后干过挖煤、推车、打支柱等活计,每样一天下来都把人累得要死。但水娃就是吃苦长大的,他倒不怕活儿重,他怕的是井下那环境,人像钻进了黑黑的蚂蚁窝,开始真像做噩梦,但后来也惯了。工钱是计件,每月能挣一百五,好的时候能挣到二百出头,水娃觉得很满足了。

但最让水娃满足的还是这里的水。第一天下工后,浑身黑得像块炭,他跟着工友们去洗澡。到了那里后,看到人们用脸盆从一个大池子中舀出水来,从头到脚浇下来,地下流淌着一条条黑色的小溪。当时他就看呆了,妈妈呀,哪有这么用水的,这可都是甜水啊!因为有了甜水,这个黑乎乎的世界在水娃眼中变得美丽无比。

但国强一直鼓动水娃进城,国强以前就在城里找过工,因为偷建筑工地的东西被当作盲流遣送回原籍。他向水娃保证,城里肯定比这里挣得多,也不像这样累死累活的。

就在水娃犹豫不决时,国强在井下出了事。那天他排哑炮时炮炸了,从井下抬上来时浑身嵌满了碎石,死前他对水娃说了一句话:

"进城去,那里灯更多……"

人生第二个目标:
到灯更多水更甜的城里,挣更多的钱

"这里的夜像白天一样呀!"

水娃惊叹说,国强说得没错,城里的灯真真是多多了。现在,他正同二宝一起,一人背着一个擦鞋箱,沿着省会城市的主要大街向火车站走去。二宝是水娃邻村人,以前曾和国强一起在省城里干过,按照国强以前给的地址,水娃费了好大的劲才找到他,他现在已不在建筑工地干,而是干起擦皮鞋来。水娃找到他时,与他同住的

一个同行正好有事回家了,他就简单地教了水娃几下子,然后让水娃背上那套家伙同他一起去。

水娃对这活计没有什么信心,他一路上寻思,要是修鞋还差不多,擦鞋?谁花一块钱擦一次鞋(要是鞋油好些得三块),这人准有毛病。但在火车站前,他们摊还没摆好,生意就来了。这一晚上到十一点,水娃竟挣了十四块!但在回去的路上二宝一脸晦气,说今天生意不好,言下之意显然是水娃抢了他的买卖。

"窗户下那些个大铁箱子是啥?"水娃指着前面的一座楼问。

"空调,那屋里现在跟开春儿似的。"

"城里真好!"水娃抹了一把脸上的汗说。

"在这儿只要吃得苦,赚碗饭吃很容易的,但要想成家立业可就没门儿啰。"二宝说着用下巴指了指那幢楼,"买套房,两三千一平方米呢!"

水娃傻傻地问:"平方米是啥?"

二宝轻蔑地晃晃头,不屑理他。

水娃和十几个人住在一间同租的简易房中,这些人大都是进城打工的和做小买卖的农民,但在大通铺上位置紧挨着水娃的却是个城里人,不过不是这个城市的。在这里时他和大家都差不多,吃的和他们一样,晚上也是光膀子在外面乘凉。但每天早晨,他都西装革履地打扮起来,走出门去像换了一个人,真给人鸡窝里飞出金凤凰的感觉。这人姓陆名海,大伙倒是都不讨厌他,这主要是因为他带来的一样东西。那东西在水娃看来就是一把大伞,但那伞是用镜子做的,里面光亮亮的,把伞倒放在太阳地里,在伞把头上的一个托架上放一锅水,那锅底被照得晃眼,锅里的水很快就开了,水娃后来知道这叫太阳灶。大伙用这东西做饭烧水,省了不少钱,可没太阳时不能用。

这把叫太阳灶的大伞没有伞骨,就那么薄薄的一片。水娃最迷惑的时候就是看陆海收伞:这伞上伸出一根细细的电线一直通到屋里,收伞时陆海进屋拔下电线的插销,那伞就噗的一下摊到地上,变成了一块银色的布。水娃拿起布仔细看,它柔软光滑,轻得几乎感觉不到分量,表面映着自己变形的怪像,还变幻着肥皂泡表面的那种彩纹,一松手,银布从指缝间无声地滑落到地上,仿佛是一掬轻盈的水银。当陆海再插上电源的插销时,银布如同一朵开放的荷花般懒洋洋地伸展开来,很快又变成一个圆圆的伞面倒立在地上。再去摸摸那伞面,薄薄的硬硬的,轻敲发出悦耳的金属声响,它强度很高,在地面固定后能撑住一个装满水的锅或壶。

陆海告诉水娃:"这是一种纳米材料,表面光洁,具有很好的反光性,强度很高,最重要的是,它在正常条件下呈柔软状态,但在通入微弱电流后会变得坚硬。"

水娃后来知道,这种叫纳米镜膜的材料是陆海的一项研究成果。申请专利后,他倾其所有投入资金,想为这项成果打开市场,但包括便携式太阳灶在内的几项产品都无人问津,结果血本无归,现在竟穷到向水娃借钱交房租。虽落到这地步,但这人一点儿都没有消沉,每天仍东奔西跑,企图为这种新材料的应用找到出路,他告诉水娃,这是自己跑过的第十三个城市了。

除了那个太阳灶外,陆海还有一小片纳米镜膜,平时它就像一块银色的小手帕摊放在床边的桌子上,每天早晨出门前,陆海总要打开一个小小的电源开关,那块银手帕立刻变成硬硬的一块薄片,成了一面光洁的小镜子,陆海对着它梳理打扮一番。有一天早晨,他对着小镜子梳头时斜视了刚从床上爬起来的水娃一眼,说:"你应该注意仪表,常洗脸,头发别总是乱乱的,还有你这身衣服,不能买件便宜点的新衣服吗？"

水娃拿过镜子来照了照，笑着摇摇头，意思是对一个擦鞋的来说，那么麻烦没有用。

陆海凑近水娃说："现代社会充满着机遇，满天都飞着金鸟儿，哪天说不定你一伸手就抓住一只，前提是你得拿自己当回事儿。"

水娃四下看了看，没什么金鸟儿，他摇摇头说："我没读过多少书呀。"

"这当然很遗憾，但谁知道呢，有时这说不定是一个优势，这个时代的伟大之处就在于其捉摸不定，谁也不知道奇迹会在谁身上发生。"

"你……上过大学吧？"

"我有固体物理学博士学位，辞职前是大学教授。"

陆海走后，水娃目瞪口呆了好半天，然后又摇摇头，心想陆海这样的人跑了十三个城市都抓不到那鸟儿，自己怎么行呢？他感到这家伙是在取笑自己，不过这人本身也够可怜够可笑的了。

这天夜里，屋里的其他人有的睡了，有的聚成一堆打扑克，水娃和陆海则到门外几步远的一个小饭馆里看人家的电视。这时已是夜里十二点，电视中正在播出新闻，屏幕上只有播音员，没有其他画面。

"在今天下午召开的国务院新闻发布会上，新闻发言人透露，举世瞩目的中国太阳工程已正式启动，这是继三北防护林之后又一项改造国土生态的超大型工程……"

水娃以前听说过这个工程，知道它将在我们的天空中再建造一个太阳，这个太阳能给干旱的大西北带来更多的降雨。这事对水娃来说太玄乎，像第一次遇到这类事一样，他想问陆海，但扭头一看，见陆海睁圆双眼瞪着电视，半张着嘴，好像被它摄去了魂儿。水娃

用手在他面前晃了晃,他毫无反应,直到那则新闻过去很久才恢复常态,自语道:

"真是,我怎么就没想到中国太阳呢?!"

水娃茫然地看着他,他不可能不知道这件连自己都知道的事,这事儿哪个中国人不知道呢?他当然知道,只是没想到,那他现在想到了什么呢?这事与他陆海,一个住在闷热的简易房中的潦倒流浪者,能有什么关系?

陆海说:"记得我早上说的话吗?现在一只金鸟飞到我面前了,好大的一只金鸟儿,其实它以前一直在我的头顶盘旋,我他妈居然没感觉到!"

水娃仍然迷惑不解地看着他。

陆海站起身来:"我要去北京了,赶两点半的火车,小兄弟,你跟我去吧!"

"去北京?干什么?"

"北京那么大,干什么不行?就是擦皮鞋,也比这儿挣得多好多!"

于是,就在这天夜里,水娃和陆海踏上了一列连座位都没有的拥挤的列车,列车穿过夜色中广阔的西部原野,向太阳升起的方向驰去。

人生第三个目标:
到更大的城市,见更大的世面,挣更多的钱

第一眼看到首都时,水娃明白了一件事:有些东西你只能在看见后才知道是什么样儿,凭想象是绝对想不出来的。比如北京之夜,就在他的想象中出现过无数次,最早不过是把镇子或矿上的灯火扩大许多倍,然后是把省城的灯火扩大许多倍,当他和陆海乘坐

的公共汽车从西站拐入长安街时,他知道,过去那些灯火就是扩大一千倍,也不是北京之夜的样子。当然,北京的灯绝对不会有一千个省城的灯那么多那么亮,但这夜中北京的某种东西,是那个西部的城市怎样叠加也产生不出来的。

水娃和陆海在一个便宜的地下室旅馆住了一夜后,第二天早上就分了手。临别时陆海祝水娃好运,并说如果以后有难处可以找他,但当水娃让他留下电话或地址时,他却说自己现在什么都没有。

"那我怎么找你呢?"水娃问。

"过一阵子,看电视或报纸,你就会知道我在哪儿。"

看着陆海远去的背影,水娃迷惑地摇摇头,他这话可真是费解:这人现在已一文不名,今天连旅馆都住不起了,早餐还是水娃出的钱,甚至连他那个太阳灶,也在起程前留给房东顶了房费,现在,他已是一个除了梦之外什么都没有的乞丐。

与陆海分别后,水娃立刻去找活儿干,但大都市给他的震撼使他很快忘记了自己的目的,整个白天,他都在城市中漫无目的地闲逛,仿佛是行走在仙境中,一点儿都不觉得累。

傍晚,他站在首都的新象征之一,去年落成的五百米高的统一大厦前,仰望着那直插云端的玻璃绝壁,在上面,渐渐暗下去的晚霞和很快亮起来的城市灯海在进行着摄人心魄的光与影的表演,水娃看得脖子酸疼。当他正要走开时,大厦本身的灯也亮了起来,这奇景以一种更大的力量攫住了水娃的全部身心,他继续在那里仰头呆望着。

"你看了很长时间,对这工作感兴趣?"

水娃回头,看到说话的是一个年轻人,典型的城里人打扮,但手里拿着一顶黄色的安全帽。"什么工作?"水娃迷惑地问。

"那你刚才在看什么?"那人问,同时拿安全帽的手向上一指。

水娃抬头向他指的方向看,看到高高的玻璃绝壁上居然有几个人,从这里看去只是几个小黑点儿,"他们在那么高干什么呀?"水娃问,又仔细地看了看,"擦玻璃?"

那人点点头:"我是蓝天建筑清洁公司的人事主管,我们公司主要承揽高层建筑的清洁工程,你愿意干这工作吗?"

水娃再次抬头看,高空中那几个蚂蚁似的小黑点让人头晕目眩:"这……太吓人了。"

"如果是担心安全那你尽管放心,这工作看起来危险,正是这点使它招工很难,我们现在很缺人手。但我向你保证,安全措施是很完备的,只要严格按规程操作,绝对不会有危险,且工资在同类行业中是最高的,你嘛,每月工资一千五,工作日管午餐,公司代买人身保险。"

这钱数让水娃吃了一惊,他呆呆地望着经理,后者误解了水娃的意思:"好吧,取消试用期,再加三百,每月一千八,不能再多了。以前这个工种基本工资只有四五百,每天有活儿干再额外计件儿,现在是固定月薪,相当不错了。"

于是,水娃成了一名高空清洁工,英文名字叫蜘蛛人。

人生第四个目标:成为一个北京人

水娃与四位工友从航天大厦的顶层谨慎地下降,用了四十分钟才到达它的第八十三层,这是他们昨天擦到的位置。蜘蛛人最头疼的活儿就是擦倒角墙,即与地面的角度小于九十度的墙。而航天大厦的设计者为了表现他那变态的创意,把整个大厦设计成倾斜的,在顶部由一根细长的立柱与地面支撑,据这位著名建筑师说,倾斜更能表现出上升感。这话似乎有道理,这座摩天大厦也名扬世界,成为北京的又一标志性建筑。但这位建筑大师的祖宗八代都被北京的蜘蛛人骂遍了,清洁航天大厦的活儿对他们几乎是一场噩梦,因为这个倾斜的大厦整整一面全是倒角墙,高达四百米,与地面的角度小到六十五度。

到达工作位置后,水娃仰头看看,头顶上这面巨大的玻璃悬崖仿佛正在倾倒下来。他一只手打开清洁剂容器的盖子,另一只手紧紧抓着吸盘的把手。这种吸盘是为清洁倒角墙特制的,但并不好使,常常脱吸,这时蜘蛛人就会荡离墙面,被安全带吊着在空中打秋千。这种事在清洁航天大厦时多次发生,每次都让人魂飞天外。就在昨天,水娃的一位工友脱吸后远远地荡出去,又荡回来,在强风的推送下直撞到墙上,撞碎了一大块玻璃,在他的额头和手臂上各划了一道大口子,而那块昂贵的镀膜高级建筑玻璃让他这一年的活儿白干了。

到现在为止,水娃干蜘蛛人的工作已经两年多了,这活儿可真不容易。在地面上有二级风力时,百米空中的风力就有五级,而现在的四五百米的超高层建筑上,风就更大了。危险自不必说,从本世纪初开始,蜘蛛人的坠落事故就时有发生。在冬天时那强风就像刀子一样锋利;清洗玻璃时最常用的氢氟酸洗剂腐蚀性很大,使手指甲先变黑再脱落;而到了夏天,为防洗涤药水的腐蚀,还得穿着不透气的雨衣雨裤雨鞋,如果是擦镀膜玻璃,背上太阳暴晒,面前玻璃反射的阳光也让人睁不开眼,这时水娃的感觉真像是被放在陆海的太阳灶上。

但水娃热爱这个工作,这一年多是他有生以来最快乐的时光。这固然因为在外地来京的低文化层次的打工者中,蜘蛛人的收入相对较高,更重要的是,他从工作中获得了一种奇妙的满足感。他最喜欢干那些别的工友不愿意干的活儿:清洁新近落成的超高建筑,这些建筑的高度都在二百米以上,最高的达五百米。悬在这些摩天楼顶端的外墙上,北京城在下面一览无遗地伸延开来,那些上世纪建成的所谓高层建筑从这里看下去是那么矮小,再远一些,它们就像一簇簇插在地上的细木条,而城市中心的紫禁城则像是用金色的积木搭起来的;在这个高度听不到城市的喧闹,整个北京成了一个可以一眼望全的整体,成了一个以蛛网般的公路为血脉的巨大的生命,在下面静静地呼吸着。有时,摩天大楼高耸在云层之上,腰部以下笼罩在阴暗的暴雨之中,以上却阳光灿烂,干活儿时脚下是一望无际的滚滚云海,每到这时,水娃总觉得他的身体都被云海之上的强风吹得透明了……

水娃从这经历中学到了一个哲理:事情得从高处才能看清楚。如果你淹没于这座大都市之中,周围的一切是那么纷繁复杂,城市仿佛是一个无边无际的迷宫,但从这高处一看,整座城市不过是一个有一千多万人的大蚂蚁窝罢了,而它周围的世界又是那么广阔。

在第一次领到工资后,水娃到一个大商场转了转,乘电梯上到第三层时,他发现这是一个让自己迷惑的地方。与繁华的下两层不同,这一层的大厅比较空旷,只摆放着几张大得惊人的低桌子,在每张桌子宽阔的桌面上,都有一片小小的楼群,每幢楼有一本书那么高。楼间有翠绿的草地,草地上有白色的凉亭和回廊……这些小建筑好像是用象牙和奶酪做成的,看上去那么可爱,它们与绿草地一起,构成了精致的小世界,在水娃眼中,真像是一个个小天堂的模型。最初他猜测这是某种玩具,但这里见不到孩子,桌边的人们也一脸认真和严肃。他站在一个小天堂边上对着它出神地望了很久,一位漂亮小姐过来招呼他,他这才知道这里是出售商品房的地方。

他随便指着一幢小楼,问最顶上那套房多少钱。小姐告诉他那是三室一厅,每平方米三千五百元,总价值三十八万元。听到这数目水娃倒吸一口冷气,但小姐接下来的话让这冷酷的数字温柔了许多:

"分期付款,每月一千五百元到两千元。"

他小心地问:"我……我不是北京人,能买吗?"

小姐给了他一个动人的微笑:"您可真逗,户口已经取消两年了,还有什么北京人不北京人的?您住下不就是北京人了吗?"

水娃走出商场后,漫无目的地在街上走了很长时间,夜中的北京在他的周围五光十色地闪耀着,他的手中拿着售房小姐给他的几张花花绿绿的广告页,不时停下来看看。仅在一个多月前,在那座遥远的西部城市的简易房中,在省城拥有一套住房对他来说都还是一个神话,现在,他离买得起那套北京的住房还有相当的距离,但这已不是神话了,它由神话变成了梦想,而这梦想,就像那些精致的小模型一样,实实在在地摆在眼前,可以触摸到了。

这时,有人在里面敲水娃正在擦的这面玻璃,这往往是麻烦事。在办公室窗上出现的高楼清洁工总让超级大厦中的白领们有一种莫名的烦恼,好像这些人真如其俗名那样是一个个异类大蜘蛛,他们之间的隔阂远不止那面玻璃。在蜘蛛人干活儿时,里面的人不是嫌有噪声就是抱怨阳光被挡住了,变着法儿和他们过不去。航天大厦的玻璃是半反射型的,水娃很费劲地向里面看,终于看清了里面的人,那居然是陆海!

分手后,水娃一直惦记着陆海,在他的记忆中,陆海一直是一个西装革履的流浪汉,在这个大城市中深一脚浅一脚地过着艰难的生活。在一个深秋之夜,正当水娃在宿舍中默默地为陆海过冬的衣服发愁时,却真的在电视上看到了他!这时,中国太阳工程正在选择构建反射镜的材料,这是工程最关键的技术核心,在十几种材料中,陆海研制的纳米镜膜最后被选中了。他由一名科技流浪汉变成了中国太阳工程的首席科学家之一,一夜之间举世闻名。这以后,虽然陆海频频在各种媒体出现,水娃反而把他忘记了,他觉得他们之间已没有什么关系。

在那间宽大的办公室里,水娃看到陆海与两年前相比,从里到外都没有变,甚至还穿着那身西装,现在水娃知道,这身当时在他眼中高级华贵的衣服实际上次透了。水娃向他讲述了自己在北京的生活,最后他笑着说:"看来咱们俩在北京干得都不错。"

"是的是的,都不错!"陆海激动地连连点头,"其实,那天早晨对你说那些关于时代和机遇的话时,我几乎对一切都失去了信心,我是说给自己听的,但这个时代真的充满了机遇。"

水娃点点头:"到处都是金色的鸟儿。"

接着,水娃打量起这间充满现代感的大办公室来,这里最引人注目的是那一套不同寻常的装饰物:办公室的天花板整个是一幅星空的全息图像,所以在办公室中的人如同置身于一个灿烂星空下的院子。在这星空的背景前悬浮着一个银色的圆形曲面,那是一个镜面,很像陆海的那个太阳灶,但水娃知道,这个太阳灶面积可能有几十个北京那么大。在天花板的一角,有一盏球形的灯,与这镜面一样,这灯球没有任何支撑地悬浮在空中,发出耀眼的黄光。镜面把它的一束光投射到办公桌旁的一个大地球仪上,在其表面打出一个圆圆的亮点。那个灯球在天花板下缓缓飘移着,镜面转动着追踪它,始终保持着那束投向地球仪的光束。星空、镜面、灯球、光束、地球仪和其表面的亮点,形成了一幅抽象而神秘的构图。

"这就是中国太阳吗?"水娃指着镜面敬畏地问。

陆海点点头:"这是一个面积达三万平方千米的反射镜,它在三万六千千米高的同步轨道上向地球反射阳光,从地面看上去,天空中像多了个太阳。"

"我一直搞不明白,天上多个太阳,地上怎么会多了雨水呢?"

"这个人造太阳可以以多种方式影响天气,比如通过改变大气的热平衡来影响大气环流、增加海洋蒸发量、移动锋面等等,这一两句话说不清楚。其实,轨道反射镜只是中国太阳工程的一部分,另一部分是一个复杂的大气运动模型,它运行在许多台超级计算机上,精确地模拟出某一区域大气的运动状态,然后找准一个关键点,用人造太阳的热量施加影响,就会产生出巨大的效应,足以在一段时间内完全改变目标区域的气候……这个过程极其复杂,不是我的专业,我也不太明白。"

水娃又问了一个陆海肯定明白的问题,他知道自己的问题太傻,但还是鼓足勇气问了出来:"那么大个东西悬在天上,不会掉下来吗?"

陆海默默地看了水娃几秒钟,又看了看表,一拍水娃的肩膀说:"走,我请你吃饭,同时让你明白中国太阳为什么不会掉下来。"

但事情远没有陆海想得那么简单,他不得不把要讲授的知识线移到最底层。水娃知道自己生活在一个圆的地球上,但他意识深处的世界还是一个天圆地方的结构,陆海费了很大劲才使他真正明白了我们的世界只是一颗飘浮在无际虚空中的小石球。这个晚上水娃并没有搞明白中国太阳为什么不会掉下来,但这个宇宙在他的脑海中已完全变了样,他进入了自己的托勒密时代。第二个晚上,陆海同水娃到大排档去吃饭,并成功地使水娃进入了哥白尼时代。又用了两个晚上,水娃艰难地进入了牛顿时代,知道了(当然仅仅是知道了)万有引力。接下来的一个晚上,借助于办公室中的那个大地球仪,陆海使水娃迈进了航天时代。在接下来的一个公休日,也是在那个大地球仪前,水娃终于明白了同步轨道是什么意思,同时也明白了中国太阳为什么不会掉下来。

这一天,陆海带水娃参观了中国太阳工程的指挥中心,在一个高大的屏幕上映出了同步轨道上中国太阳建设工地的全景:漆黑的空间中飘浮着几块银色的薄片,航天飞机在那些薄片前像几只小小的蚊子。最让水娃感到震撼的,是另一个大屏幕上从三万六千千米高度拍摄的地球,他看到,大陆像漂浮在海洋上的一张张大牛皮纸,山脉像牛皮纸的褶皱,而云层如同牛皮纸上残留的一片片白糖末……陆海指给水娃看哪里是他的家乡,哪里是北京,水娃呆呆地看了好半天,冒出一句话:

"站在这么高处,人想的事情肯定不一样……"

三个月后,中国太阳的主体工程完工,在国庆节之夜,反射镜首次向地球的黑夜部分投射阳光,并把巨大的光斑固定在京津地区。这天夜里,水娃在天安门广场上同几十万人一起目睹了这壮丽的日出:西边的夜空中,一颗星星的亮度急剧增强,在这颗星的周围有一圈蓝天在扩散,当中国太阳的亮度达到最大时,这圈蓝天已占据了半个天空的面积,在它在边缘,色彩由纯蓝渐渐过渡到黄色、橘红和深紫,这圈渐变的色彩如一圈彩虹把蓝天围在中央,形成了人们所称的"环形朝霞"。

水娃在凌晨四点才回到宿舍,他躺在狭窄的上铺,中国太阳的光芒从窗中照进来,照在枕连墙上那几张商品住宅广告页上,水娃把那几张彩纸从墙上撕了下来。

在中国太阳的天国之光下,他曾为之激动不已的理想显得那么平淡渺小。

两个月后,清洁公司的经理找到水娃,说中国太阳工程指挥中心的陆总让他去一下。自从清洁航天大厦的活儿干完后,水娃就再也没见过陆海。

"你们的太阳真是伟大!"在航天大厦的办公室中见到陆海后,水娃由衷地赞叹道。

"是我们的太阳,特别是你也有份儿。现在在这里看不到中国太阳了,它正在给你的家乡造雪呢!"

"我爸妈来信说,那里今冬的雪真的多了起来!"

"但中国太阳也遇到了大问题,"陆海指指身后的一块大屏幕,上面显示着两个圆形的光斑,"这是在同一位置拍摄的中国太阳的图像,时隔两个月,你能看出它们有什么差别吗?"

"左边那个亮一些。"

"看,仅两个月,反射率的降低用肉眼都能看出来了。"

"怎么,是大镜子上落灰了吗?"

"太空中没有灰,但有太阳风,也就是太阳喷出的粒子流,时间一长,它使中国太阳的镜面表层发生了质变,镜面就蒙上了一层极薄的雾膜,反射率就降低了,一年以后,镜面将变得像蒙上一层水雾一样,那时中国太阳就变成了中国月亮,可什么事都干不了了。"

"你们开始没想到这些吗?"

"当然想到了……我们还是谈你的事吧,想不想换个工作?"

"换工作?我还能干什么呢?"

"还是干高空清洁工,但是在我们这里干。"

水娃迷惑地四下看看:"你们的大楼不是刚清洁过吗?还用专门雇高空清洁工?"

"不,不是让你擦大楼,是擦中国太阳。"

人生第五个目标：飞向太空擦太阳

这是一次由中国太阳工程运行部的高层领导人参加的会议，讨论成立镜面清洁机构的事。陆海把水娃介绍给大家，并介绍了他的工作。当有人问到学历时，水娃诚实地说他只读过三年小学。

"但我认字的，看书没问题。"水娃对与会者说。

一阵笑声响起，"陆总，你这是在开玩笑吗？！"有人气愤地喊道。

陆海平静地说："我没开玩笑。如果组成三十个人的镜面清洁队，把中国太阳全部清洁一遍需半年时间，按照清洁周期清洁队需不停地工作，这至少要有六十到九十人进行轮换，如果正在制定中的空间劳动保护法出台，这种轮换可能需要更多的人，也就是说需一百二十甚至一百五十人。我们难道要让一百五十名有博士学位的、在高性能歼击机上飞过三千小时的宇航员干这项工作吗？"

"那也得差不多点儿吧？在城市高等教育已经普及的今天，让一个文盲飞向太空？"

"我不是文盲！"水娃对那人说，对方没理他，接着对陆海说："这是对这个伟大工程的亵渎！"

与会者们纷纷点头赞同。

陆海也点点头："我早就料到各位会有这种反应。在座的，除了这位清洁工之外都具有博士学位，那么好，就让我们看看各位在清洁工作中的素质吧！请跟我来。"

十几名与会者迷惑不解地跟着陆海走出会议室，走进电梯。这种摩天大楼中的电梯分快、中、慢三种，他们乘坐的是最快的电梯，飞快加速，直上大厦的顶层。

有人说："我是第一次乘这个电梯，真有乘火箭升空的感觉！"

"我们进入同步轨道后,大家还将体验清洁中国太阳的感觉。"陆海说,周围的人都向他投来奇怪的目光。

走出电梯后,大家又跟着陆海爬了一段窄扶梯,最后从一扇小铁门走出去,来到了大厦的露天楼顶。他们立刻置身于阳光和强风之中,上面的蓝天似乎比平时看到的清澈了许多,向四周望去,北京城尽收眼底。他们发现楼顶上已经有一小群人在等着,水娃吃惊地发现那竟是清洁公司的经理和他的蜘蛛人工友们!

陆海大声说:"现在,我们就请大家体验一下水娃的工作。"

于是那些蜘蛛人走过来给每一位与会者扎上安全带,然后领他们走到楼顶边缘,使他们小心地站到十几个蜘蛛人作为工作平台的小小的吊板上,然后吊板开始慢慢下降,悬在距楼顶边缘五六米处不动了,被挂在大厦玻璃墙上的与会者们发出了一阵绝不掺假的惊叫声。

"各位,我们继续开会吧!"陆海蹲着从楼顶边缘探出身去对下面的人喊。

"你个混蛋!快拉我们上去!!"

"你们每人必须擦完一块玻璃才能上来!"

擦玻璃是不可能的,下面的人能做的只是死抓着安全带或吊板的绳索一动不敢动,根本不可能松开一只手去拿起放在吊板上的刷子或打开清洁剂桶的盖子。在他们的日常工作中,这些航天官员每天都在图纸或文件上与几万千米的高度打交道,但在这亲身体验中,四百米的高度已经令他们魂飞天外了。

陆海站起身,走到一位空军大校的上面,他是被吊下去的十几个人中唯一镇定自若者,他开始擦玻璃,动作沉稳,最让水娃吃惊的是,他的两只手都在干活,并没有抓着什么稳定自己,而他的吊板在强风中贴着墙面一动不动,这对蜘蛛人来说也只有老手才能做到。

当水娃认出他就是十多年前"神舟八号"飞船上的一名宇航员时,他对眼前所见也就不奇怪了。

陆海问:"张大校,你坦率地说,眼前的工作真的比你们在轨道上的太空行走作业容易吗?"

"如果仅从体力和技巧上来说,相差不是太多。"前宇航员回答说。

"说得好!宇航训练中心的一项研究表明,在人体工程学上,高层建筑清洁工的工作与太空中的镜面清洁工作有许多相似之处:都是在危险的需要时时保持平衡的位置上,从事重复单调且消耗体力的劳动;都要时时保持着警觉,稍一疏忽就会有意外事故发生,这事故对宇航员来说,可能是错误飘移、工具或材料丢失或生命维持系统失灵等等;对蜘蛛人来说,则可能是撞碎玻璃、工具或清洁剂跌落或安全带断裂滑脱等等。在体能技巧方面,特别是在心理素质方面,蜘蛛人完全有能力胜任镜面清洁工作。"

前宇航员仰视着陆海点了点头:"这使我想起了那个古老的寓言:卖油人把油通过一个铜钱的方孔倒进油壶中,所需的技巧与将军把箭射中靶心同样高超,差异只在于他们的身份。"

陆海接着说:"哥伦布发现了美洲,库克发现了澳洲,但这些新世界都是由普通人开发的,这些开拓者在当时的欧洲处于社会的最下层。太空开发也一样,国家在下一个五年计划中把近地空间作为第二个西部,这就意味着航天事业的探险时代已经结束,它不再只是由少数精英从事的工作,让普通人进入太空,是太空开发产业化的第一步!"

"好了好了,你说的都对!可快把我们弄上去啊!!"下面的其他人声嘶力竭地喊着。

在回去的电梯上,清洁公司的经理凑到陆海耳边低声说:"陆总,您慷慨激昂了半天,讲的道理有点太大了吧?当然,当着水娃和我这些小弟兄的面,您不好把关键之处挑明。"

"嗯?"陆海询问地看着他。

"谁都知道,中国太阳工程是以准商业方式运行的,中途差点因资金缺口而停工,现在,留给你们的运行费用没有多少了。在商业宇航中,正规宇航员的年薪都在百万以上,我这些小伙子每年就可以给你们省几千万。"

陆海神秘地一笑说:"您以为,为这区区几千万我值得冒这个险吗?我这次故意把镜面清洁工的文化程度标准压到最低,这个先例一开,中国太阳运行中在空间轨道的其他工作岗位,我就可以用普通大学毕业生来做,这一下,省的可不止几千万,如您所说,这也是没办法的办法,我们真的没剩多少钱了。"

经理说:"在我的童年和少年时代,进入太空是一种何等浪漫的事业,我清楚地记得,一位伟人在访问肯尼迪航天中心时,把一位美国宇航员称作神仙。现在,"他拍着陆海的后背苦笑着摇摇头,"我们彼此彼此了。"

陆海扭头看了看那几名蜘蛛人小伙子,放大了声音说:"但,先生,我给他们的工资怎么说也是你的八到十倍!"

第二天,包括水娃在内的六十名蜘蛛人进入了坐落在石景山的中国宇航训练中心,他们都是从外地来京打工的农村后生,来自中国广阔田野的各个偏僻角落。

镜面农夫

西昌基地,"地平线号"航天飞机从它的发动机喷出的大团白雾中探出头来，轰鸣着升上蓝天。机舱里坐着水娃和其他十四名镜面清洁工，经过三个月的地面培训，他们从六十人中被挑选出来，首批进入太空进行实际操作。

在水娃这时的感觉中，超重远不像传说中的那么可怕，他甚至有一种熟悉的舒适感，这是孩子被母亲紧紧抱在怀中的感觉。在他右上方的舷窗外，天空的蓝色在渐渐变深。舱外隐约传来爆破螺栓的啪啪声，助推器分离，发动机声由震耳的轰鸣变为蚊子似的嗡嗡声。天空变成深紫色，最后完全变黑，星星出现了，都不眨眼，十分明亮。嗡嗡声戛然而止，舱内变得很安静，座椅的振动消失了，接着后背对椅面的压力也消失了，失重出现。水娃他们是在一个巨大的水池中进行的失重训练，这时的感觉还真像是浮在水中。

但安全带还不能解开，发动机又嗡嗡地叫了起来，重力又把每个人按回椅子上，漫长的变轨飞行开始了。小小的舷窗中，星空和海洋交替出现，舱内不时充满了地球反射的蓝光和太阳白色的光芒。窗口中能看到的地平线的弧度一次比一次大，能看到的海洋和陆地的景色范围也一次比一次大。向同步轨道的变轨飞行整整进行了六个小时，舷窗中星空和地球的景色交替也渐渐具有催眠作用，水娃居然睡着了。但他很快被扩音器中指令长的声音惊醒，那声音说变轨飞行结束了。

舱内的伙伴们纷纷飘离座椅，紧贴着舷窗向外瞅。水娃也解开安全带，用游泳的动作笨拙地飘到离他最近的舷窗，他第一次亲眼看到了完整的地球。但大多数人都挤在另一侧的舷窗边，他也一蹬舱壁蹿了过去，因速度太快在对面的舱壁上碰了脑袋。从舷窗望出去，他才发现"地平线号"已经来到中国太阳的正下方，反射镜已占据了星空的大部分面积，航天飞机如同是飞行在一个巨大的银色穹顶下的一只小蚊子。"地平线号"继续靠近，水娃渐渐体会到镜面的巨大：它已占据了窗外的所有空间，一点都感觉不到它的弧度，他们仿佛飞行在一望无际的银色平原上。距离在继续缩短，镜面上现了"地平线号"的倒影。可以看到银色大地上有一条条长长的接缝，这些接缝像地图上的经纬线一样织成了方格，成了能使人感觉到相对速度的唯一参照物。渐渐地，银色大地上的经线不再平行，而是向一点会聚，这趋势急剧加快，好像"地平线号"正在驶向这巨大地图上的一个极点。极点很快出现了，所有经向接缝都会聚在一个小黑点上，航天飞机向着这个小黑点下降，水娃震惊地发现，这个小黑点竟是这银色大地上的一座大楼，这座大楼是一个全密封的圆柱体，水娃知道，这就是中国太阳的控制站，是他们以后三个月在这冷寂太空中唯一的家。

太空蜘蛛人的生活就这样开始了。每天（中国太阳绕地球一周的时间也是24小时），镜面清洁工们驾驶着一台台有手扶拖拉机大小的机器擦光镜面，他们开着这些机器在广阔的镜面上来回行驶，很像在银色的大地上耕种着什么，于是西方新闻媒体给他们起了一个更有诗意的名字："镜面农夫。"这些"农夫"们的世界是奇特的，他们脚下是银色的平原，由于镜面的弧度，这平原在远方的各个方向缓缓升起，但由于面积巨大，周围看上去如水面般平坦。上方，地球和太阳总是同时出现，后者比地球小得多，倒像是它的一颗光芒四射的卫星。在占据天空大部分的地球上，总能看到一个缓缓移动的圆形光斑，在地球黑夜的一面这光斑尤其醒目，这就是中国太阳在地球上照亮的区域。镜面可以调整形状以改变光斑的大小，当银色大地在远方上升的坡度较陡时，光斑就小而亮；当上升坡度较缓时，光斑就大而暗。

但镜面清洁工的工作是十分艰辛的，他们很快发现，清洁镜面的枯燥和劳累，比在地球上擦高楼有过之而无不及。每天收工回到控制站后,往往累得连太空服都脱不下来。随着后续人员的到来,控制站里拥挤起来,人们像生活在一个潜水艇中。但能够回到站里还算幸运,镜面上距站最远处有近一百千米,清洁到外缘时往往下班后回不来,只能在"野外"过"夜",从太空服中吸些流质食物,然后悬在半空中睡觉。工作的危险更不用说,镜面清洁工是人类航天史上进行太空行走最多的人,在"野外",太空服的一个小故障就足以置人于死地,还有微陨石、太空垃圾和太阳磁暴等等。这样的生活和工作条件使控制站中的工程师们怨气冲天,但天生就能吃苦的"镜面农夫"们却默默地适应了这一切。

在进入太空后的第五天,水娃与家里通了话,这时水娃正在距控制站五十多千米处干活,他的家乡正处于中国太阳的光斑之中。

水娃爹:"娃啊,你是在那个日头上吗,它在俺们头上照着呢,这夜跟白天一样啊!"

水娃:"是,爹,俺是在上面!"

水娃娘:"娃啊,那上面热吧?"

水娃:"说热也热,说冷也冷,俺在地上投了个影儿,影儿的外面有咱那儿十个夏天热,影儿的里面有咱那儿十个冬天冷。"

水娃娘对水娃爹说:"我看到咱娃了,那日头上有个小黑点点!"

水娃知道那是不可能的,他的眼泪涌了出来,说:"爹、娘,俺也看到你们了,亚洲大陆的那个地方也有两个小黑点点!明天多穿点衣服,我看到一大股寒流从大陆北面向你们那里移过去了!"

…………

三个月后换班的第二分队到来,水娃他们返回地球去休为期三个月的假。他们着陆后的第一件事就是每人买了一架单筒高倍望远镜。三个月后他们回到中国太阳上,在工作的间隙大家都用望远镜遥望地球,望得最多的当然还是家乡,但在四万千米的距离上是不可能看到他们的村庄的。他们中有人用粗笔在镜面上写下了一首稚拙的诗：

在银色在大地上我遥望家乡
村边的妈妈仰望着中国太阳
这轮太阳就是儿子的眼睛
黄土地将在这目光中披上绿装

"镜面农夫"们的工作是出色的，他们逐渐承担了更多的任务，范围都超出了他们的清洁工作。首先是修复被陨石破坏的镜面，后来又承担了一项更高层次的工作：监视和加固应力超限点。

中国太阳在运行中，其姿态总是在不停地变化，这些变化是由分布在其背面的三千台发动机完成的。反射镜的镜面很薄，它由背面的大量细梁连成一个整体，在进行姿态或形状改变时，有些位置可能发生应力超限，如果不及时对各发动机的出力给予纠正，或在那个位置进行加固，任其发展，超限应力就可能撕裂镜面。这项工作的技术要求很高，发现和加固应力超限点都需要熟练的技术和丰富的经验。

除了进行姿态和形状调整外，最有可能发生应力超限的时间是在轨道理发时，这项操作的正式名称是：光压和太阳风所致轨道误差修正。太阳风和光压对面积巨大的镜面产生作用力，这种力量在每平方千米的镜面上达两公斤左右，使镜面轨道变扁上移，在地面控制中心的大屏幕上，变形的轨道与正常的轨道同时显示，很像是正常的轨道上长出了头发，这个离奇的操作名称由此而来。轨道理发时镜面产生的加速度比姿态和形状调整时大得多，这时"镜面农夫"们的工作十分重要，他们飞行在银色大地上空，仔细地观察着地面的每一处异常变化,随时进行紧急加固,每次都出色地完成了任务。他们的收入因此增长很多,但这中间得利最多的,还是已成为中国太阳工程第一负责人的陆海,他连普通大学毕业生也不必雇了。

但"镜面农夫"们都明白,他们这批人是第一批也是最后一批只有小学文化程度的太空工人了,以后的太空工人最低也是大学毕业的。但他们完成了陆海所设想的使命,证明了太空开发中的底层工作最需要的是技巧和经验,是对艰苦环境的适应能力,而不是知识和创造力,普通人完全可以胜任。

但太空也在改变着"镜面农夫"们的思维方式,没有人能像他们这样,每天从三万六千千米的居高临下看地球,世界在他们面前只是一个可以一眼望全的小沙盘,地球村对他们来说不是一个比喻,而是眼前实实在在的现实。

"镜面农夫"作为第一批太空工人,曾在全世界引起了轰动。但随着近地空间开发产业化的飞速发展,许多超级工程在太空中出现,其中包括用微波向地面传送电能的超大型太阳能电站、微重力产品加工厂等,容纳十万人的太空城也开始建设。大批产业工人涌向太空,他们都是普通人,世界渐渐把"镜面农夫"们忘记了。

几年后,水娃在北京买了房子,建立了家庭,又有了孩子。每年他有一半时间在家里,一半时间在太空。他热爱这项工作,在三万多千米高空的银色大地上长时间的巡行,使他的心中产生了一种超脱的宁静,他觉得自己已找到了理想的生活,未来就如同脚下的银色平原一样平滑地向前伸展。但后来的一件事打破了这种宁静,彻底改变了水娃的心路历程,这就是他与史蒂芬·霍金的交往。

没有人想到霍金能活过一百岁,这既是医学的奇迹,也是他个人精神力量的表现。当近地轨道的第一所太空低重力疗养院建立后，他成为第一位疗养者。但上太空的超重差一点要了他的命，返回地面也要经受超重，所以在太空电梯或反重力舱之类的运载工具发明之前，他可能回不了地球了。事实上，医生建议他长住太空，因为失重环境对他的身体是最合适不过的。

霍金开始对中国太阳没什么兴趣，他从低轨道再次忍受加速重力（当然比从地面进入太空时小得多）来到位于同步轨道的中国太阳，是想看看在这里进行的一项关于背景辐射强度各向微小异性的宇宙学观测，观测站之所以设在中国太阳背面，是因为巨大的反射镜可以挡住来自太阳和地球的干扰。但在观测完成，观测站和工作小组都撤走后，霍金仍不想走，说他喜欢这里，想多待一阵儿。中国太阳的什么东西吸引了他，新闻界做出了各种猜测，但只有水娃知道实情。

在中国太阳生活的日子里，霍金最喜欢做的事就是在镜面上散步，让人不可理解的是，他只在反射镜的背面散步，每天散步的时间长达几个小时。空间行走经验最丰富的水娃被站里指定陪博士散步。这时的霍金已与爱因斯坦齐名，水娃当然听说过他，但在控制站内第一次见到他时还是很吃惊，水娃想象不出一位瘫痪到如此程度的人如何做出那么大的成就，尽管他对这位大科学家做了什么还一无所知。但在散步时，丝毫看不出霍金的瘫痪，也许是有了操纵电动轮椅的经验，他操纵太空服上的微型发动机与正常人一样灵活。

霍金与水娃的交流很困难，他虽然植入了由脑电波控制的电子发声系统，说话不像上个世纪那么困难了，但他的话要通过实时翻译器译成中文水娃才能听得懂。按领导的交代，为了不影响博士思考问题，水娃从不主动搭话，但博士却很愿与他交谈。

博士最先是问水娃的身世,然后回忆起自己的早年,他向水娃讲述童年时在圣阿尔班斯住的那幢阴冷的大房子,冬天结了冰的高大客厅中响着瓦格纳的音乐;还有那辆放在奥斯明顿磨坊牧场的马戏车,他常和妹妹玛丽一起乘着它到海滩去;还有他常与父亲去的齐尔顿领地的爱文豪灯塔……水娃惊叹这位百岁老人的记忆力,更让他吃惊的是,他们之间居然有共同语言,水娃讲述家乡的一切,博士很爱听,当走到镜面边缘时还让水娃指给他看家乡的位置。

时间长了,谈话不可避免地转到科学方面,水娃本以为这会结束他们之间难得的交流,但并非如此,向普通人用最通俗的语言讲述艰深的物理学和宇宙学,对博士似乎是一种休息。他向水娃讲述了大爆炸、黑洞、量子引力,水娃回去后就啃博士在上世纪写的那本薄薄的小书,再向站里的工程师和科学家请教,居然明白了不少。

"知道我为什么喜欢这里吗?"一次散步到镜面边缘时,博士对着从边缘露出一角的地球对水娃说,"这个大镜面隔开了下面的地球,使我忘记了尘世的存在,能全身心地面对宇宙。"

水娃说:"下面的世界好复杂的,可从这里远远地看,宇宙又是那么简单,只是空间中撒着一些星星。"

"是的,孩子,真是这样。"博士点点头说。

反射镜的背面与正面一样,也是镜面,只是多了如一座座小黑塔似的姿态和形状调整发动机。每天散步时,博士和水娃两人就紧贴着镜面缓缓地飘行,常常从中心一直飘到镜面的边缘。没有月亮时,反射镜的背面很黑,表面是星空的倒影。与正面相比,这里的地平线很近,且能看出弧形,星光下,由支撑梁组成的黑色经纬线在他们脚下移动,他们仿佛飘行在一个宁静的小星球的表面。遇上姿态或形状调整,反射镜背面的发动机启动,这小星球的表面被一柱柱小火苗照亮,更使这里显出一种美丽的神秘。在这小小的世界之上，银河在灿烂地照耀着。就在这样的境界中，水娃第一次接触到宇宙最深层的奥秘，他明白了自己所看到的所有星空，在大得无法想象的宇宙中也只是一粒灰尘，而这整个宇宙，不过是百亿年前一次壮丽焰火的余烬。

许多年前作为蜘蛛人踏上第一座高楼的楼顶时，水娃看到了整个北京；来到中国太阳时，他看到了整个地球；现在，水娃面对着他人生第三个壮丽的时刻，他站到了宇宙的楼顶上，看到了他以前做梦都不会想到的东西，虽然这知识还很粗浅，但足以使那更遥远的世界对他产生了一种难以抗拒的吸引力。

有一次水娃向站里的一位工程师说出了自己的一个困惑："人类在上世纪六十年代就登上了月球，为什么后来反而缩了回来，到现在还没登上火星，甚至连月球也不去了？"

工程师说："人类是现实的动物，上世纪中叶那些由理想主义和信仰驱动的东西是没有长久生命力的。"

"理想和信仰不好吗？"

"不是说不好，但经济利益更好，如果从那时开始人类就不惜代价，做飞向外太空的赔本买卖，地球现在可能还在贫困之中，你我这样的普通人反而不可能进入太空，虽然只是在近地空间。朋友，别中了霍金的毒，他那套东西一般人玩不了的！"

水娃从此变了，他仍然与以前一样努力工作，表面平静地生活，但显然在想着更多的事。

时光飞逝，二十年过去了。这二十年中，水娃和他的伙伴们从三万六千千米的高度清楚地看到了祖国和世界的变化，他们看到，三北防护林形成了一条横贯中国东西的绿带，黄色的沙漠渐渐被绿色覆盖，家乡也不再缺少雨水和白雪，村前干枯的河床又盈满了清流……这一切也有中国太阳的一份功劳，它在改变大西北气候的宏大工程中起了很大的作用。除此之外，这些年中国太阳还干了许多不寻常的事，比如融化乞力马扎罗山的积雪以缓解非洲干旱，使举行奥运会的城市成为真正的不夜城……

但对于最新的技术来说，用这种方式影响天气显得过于笨拙，且有太多的副作用，中国太阳已完成了它的使命。

国家太空产业部举行了一个隆重的仪式，为人类第一批太空产业工人授勋。这不仅仅是表彰他们二十年来的辛勤而出色的工作，更重要的是，这六十位只有小学和初中文化程度的青年进入太空工作，标志着太空开发已对所有人敞开了大门，经济学家们一致认为，这是太空开发产业化的真正开端。

这个仪式引起了新闻媒体的极大关注，除了以上的原因，在普通大众心中，"镜面农夫"们的经历具有传奇色彩，同时，在这个追逐与忘却的时代，有一个怀旧的机会也是很不错的。

当年那些憨厚朴实的小伙子现在都已人到中年，但他们看上去变化并不是太大，人们从全息电视中还能认出他们。他们中的大部分人已通过各种方式接受了高等教育，其中有一些人还获得了太空工程师的职称，但无论在自己还是公众的眼里，他们仍是那群来自乡村的打工者。

水娃代表伙伴们讲话，他说："随着电磁输送系统的建成，现在进入近地空间的费用，只及乘飞机飞越太平洋费用的一半，太空旅行已变成了一件平常而平淡的事。但新一代人很难想象，在二十年前进入太空对一个普通人来说意味着什么，很难想象那会是怎样令他激动和热血沸腾，我们就是那样一群幸运者。

"我们这些人很普通，没什么可说的，我们能有这样不寻常的经历是因为中国太阳。这二十年来，它已成为我们的第二家园，在我们的心目中它很像一个微缩的地球。最初，我们把镜面上的接缝当作北半球的经纬线，说明自己的位置时总是说在北纬多少度、东经西经多少度；到后来，随着我们对镜面的熟悉，渐渐在上面划分出了大陆和海洋，我们会说自己是在北京或莫斯科，我们每个人的家乡在镜面上也都有对应的位置，对那一块我们擦得最勤……在这个银色的小地球上我们努力工作，尽了自己的责任。先后有五位镜面清洁工为中国太阳献出了生命，他们有的是在太阳磁暴爆发时没来得及隐蔽，有的是被陨石或太空垃圾击中。

"现在，这块我们生活和工作了二十年的银色土地就要消失了，我们很难用语言表达自己的感受。"

水娃沉默了，已是太空产业部部长的陆海接过了话头说："我完全理解你们的感受，但在这里可以欣慰地告诉大家：中国太阳不会消失！这点我想你们也都知道了，对于这样一个巨大的物体，不可能采用上世纪的方式，让它坠入大气层烧掉，它将用另一种方式找到自己的归宿：其实很简单，只要停止进行轨道理发，并进行适当的姿态调整，太阳风和光压将最终使它超过第二宇宙速度，离开地球成为太阳的卫星。许多年后，行星际飞船会在遥远的地方找到它，那时我们也许会把它变成一个博物馆，我们这些人会再次回到那银色的平原上，一起回忆我们这段难忘的岁月。"

水娃突然显得激动起来，他大声问陆海："部长先生，你真的认为会有这一天，你真的认为会有行星际飞船吗？"

陆海呆呆地看着水娃，一时说不出话来。

水娃接着说："上世纪中叶，当阿姆斯特朗在月球上印下第一个脚印时，几乎所有的人都相信人类将在十到二十年之内登上火星。现在，八十六年过去了，别说火星了，月球也再没人去过，理由很简单：那是赔本买卖。

"上世纪冷战结束后，经济准则一天天地统治世界，人类在这个准则下也取得巨大的成就：现在，我们消灭了战争和贫困，恢复了生态，地球正在变成一个乐园。这就使我们更加坚信经济准则的正确性，它已变得至高无上，渗透到我们的每个细胞中，人类社会已变成了百分之百的经济社会，投入大于产出的事是再也不会做了。对月球的开发没有经济意义，对行星的大规模载人探测是经济犯罪，至于进行恒星际航行，那是地地道道的精神变态，现在，人类只知道投入、产出，并享受这些产出了！"

陆海点点头说："本世纪人类的太空开发仍局限于近地空间，这是事实，它有许多更深刻的原因，已超出了我们今天的话题。"

"没有超出，现在，我们有了一个机会，只需花很少的钱就能飞出近地空间进行远程宇宙航行。太阳光压可以把中国太阳推出地球轨道，同样能把它推到更远的地方。"

陆海笑着摇摇头："呵，你是说把中国太阳作为一个太阳帆船？从理论上说是没问题的，反射镜的主体薄而轻，面积巨大，经过长期的光压加速，理论上它会成为人类迄今发射过的速度最快的航天器。但这也只是从理论而言，实际情况是，一艘船只有帆并不能远航，它上面还要有人，一艘无人的帆船只能在海上来回打转，连港口都驶不出去，记得史蒂文森的《金银岛》里对此有生动的描述：要想借助于光压远航并返回，反射镜需要精确而复杂的姿态控制，而中国太阳是为在地球轨道上运行而设计的，离开了人的操作，它自己只能沿着无规则的航线瞎飘一气，而且飘不了太远。"

"不错，但它上面会有人的，我来驾驶它。"水娃平静地说。

这时，收视统计系统显示，这个频道的收视率急剧上升，全世界的目光正在被吸引过来。

"可你一个人同样控制不了中国太阳,它的姿态控制至少需要……"

"至少需要十二人,考虑到星际航行的其他因素,至少需要十五到二十人,我相信会有这么多志愿者的。"

陆海不知所措地笑笑:"真没想到,我们今天的谈话会转移到这个方向。"

"陆部长,二十年前,你不止一次地改变了我的人生方向。"

"可我万万没有想到你沿着那个方向走了这么远,已远远超过我了。"陆海感慨地说,"好吧,很有意思,让我们继续讨论下去吧!嗯……很遗憾,这个想法是不可行的。中国太阳最合理的航行目标是火星,可你想过没有,中国太阳不可能在火星上登陆,如果要登陆,将又是一笔巨大的开支,会使这个计划失去经济上的可行性;如果不登陆,那和无人探测器没有区别,有什么意思呢?"

"中国太阳不去火星。"

陆海迷惑地看着水娃,"那去哪里?木星?"

"也不是木星,去更远的地方。"

"更远?去海王星?去冥王……"陆海突然顿住,呆呆地盯着水娃看了好一会儿,"天啊,你不会是说……"

水娃坚定地点点头:"是的,中国太阳将飞出太阳系,成为恒星际飞船!"

与陆海一样,全世界的观众顿时目瞪口呆。

陆海两眼平视前方,机械地点点头:"好吧,我们就当你不是在开玩笑,你让我大概估算一下……"说着他半闭起双眼开始心算。

"我已经算好了:借助太阳的光压,中国太阳最终将加速到光速的十分之一,考虑到加速所用的时间,大约需四十五年时间到达比邻星。"

"然后再借助比邻星的光压减速,完成对半人马座三星系统的探测后,再向相反的方向加速,再用几十年时间返回太阳系。听起来是个美妙的计划,但实际上只是一个根本不可能实现的梦想。"

"你又想错了,到达比邻星后中国太阳不减速,以每秒三万多千米的速度掠过它,并借助它的光压再次加速,飞向天狼星。如果有可能,我们还会继续蛙跳,飞向第三颗恒星,第四颗……"

"你到底要干什么?"陆海失态地大叫起来。

"我们向地球所要求的,只是一套高可靠性但规模较小的生态循环系统和……"

"用这套系统维持二十个人上百年的生命?"

"听我说完,和一套生命低温冬眠系统,在航行的大部分时间我们处于冬眠状态,只在接近恒星时才启动生态循环系统,按目前的技术,足以维持我们在宇宙中航行上千年。当然,这两套系统的价格也不低,但比起人类从头开始一次恒星际载人探测来,它所需资金只有其千分之一。"

"就是一分钱不要,世界也不会允许二十个人去自杀。"

"这不是自杀,只是探险,也许我们连近在眼前的小行星带都过不去,也许我们会最终到达天狼星甚至更远,不试试怎么知道?"

"但有一点与探险不同:你们肯定是回不来了。"

水娃点点头:"是的,回不来了。有人满足于老婆孩子热炕头,从不向与己无关的尘世之外扫一眼;有的人则用尽全部生命,只为看一眼人类从未见过的事物。这两种人我都做过,我们有权选择各种生活,包括在十几光年之遥的太空中飘荡的一面镜子上的生活。"

"最后一个问题:在上千年的时间里,以每秒几万甚至十几万千米的速度掠过一颗又一颗恒星,发回人类要经过几十年甚至几个世纪才能收到的微弱的电波,这有太大意义吗?"

水娃微笑着向全世界说："飞出太阳系的中国太阳,将会使享乐中的人类重新仰望星空,唤回他们的宇宙远航之梦,重新燃起他们进行恒星星际探险的愿望。"

人生的第六个目标:飞向星海,
把人类的目光重新引向宇宙深处

陆海站在航天大厦的楼顶,凝视着天空中快速移动的中国太阳,在它的光芒下,首都的高楼投下了无数快速移动的影子,使得北京仿佛是一个随着中国太阳转动的大面孔。

这是中国太阳最后一次环绕地球运行,它已达到了第二宇宙速度,将飞出地球的引力场,进入绕太阳运行的轨道。这人类第一艘载人恒星际飞船上有二十个人,除水娃外,其他人是从上百万名志愿者中挑选出来的,其中包括三名与水娃共事多年的"镜面农夫"。中国太阳还未启程就达到了它的目标:人类社会对太阳系外宇宙探险的热情再次出现了。

陆海的思绪回到了二十三年前的那个闷热的夏夜,在那个西北城市,他和一个来自干旱土地的农村男孩登上了开往北京的夜行列车。

作为告别,中国太阳把它的光斑依次投向各大城市,让人们最后一次看到它的光芒。最后,中国太阳的光斑投向大西北,水娃出生的那个小村庄就在光斑之中。

村边的小路旁,水娃的爹娘同乡亲们一起注视着向东方飞行的中国太阳。

水娃爹喊道:"娃啊,你要到老远的地方去吗?"

水娃从太空中回答:"是啊爹,怕是回不了家了。"

水娃娘问:"那地方很远?"

水娃回答:"很远,娘。"

水娃爹问:"比月亮还远吗?"

水娃沉默了几秒钟,用比刚才低许多的声音说:"是的,爹,比月亮远些。"

水娃的爹娘并不觉得特别难受,娃是在那比月亮还远的地方干大事呢!再说,这可是个了不起的年头,即使是远在天涯海角的人,随时都可以和他说话,还可以在小电视上看见他,这跟面对面没啥子区别。但他们不会想到,随着时间的流逝,那小屏幕上的儿子将变得越来越迟钝,对爹娘关切的问话,他要想好长时间才能回答。他想的时间开始只有几秒钟,以后越来越长,一年后,爹娘每问一句话,儿子将呆呆地想一个多小时才能回答。最后儿子将消失,他们将被告知水娃睡觉了,这一觉要睡四十多年。在这以后,水娃的爹娘将用尽余生,继续照顾那块曾经贫瘠现已肥沃起来的土地,过完他们那充满艰辛但已很满足的一生,他们最后的愿望将是:在遥远未来的一天,终于回家的儿子能看到一个更美好的家园。

中国太阳正在飞离地球轨道,它在东方的天空中渐渐暗下去,它周围的蓝天也慢慢缩为一点,最后,它将变为一颗星星融入群星之中,但早在这之前,恒星太阳的曙光就会把它完全淹没。

曙光也照亮了村前的这条小路,现在它的两旁已种上了两排白杨,不远处还有一条与它平行的小河。二十四年前的那天,也是在这清晨时分,在同样的曙光下,一个西北农家的孩子怀着朦胧的希望在这条小路上渐渐远去。

这时北京的天已经大亮,陆海仍站在航天大厦的楼顶,望着中国太阳最后消失的位置,它已踏上了漫长的不归路。中国太阳将首先进入金星轨道之内,尽可能地接近太阳,以获得更大的加速光压

097

和更长的加速距离，这将通过一系列复杂的变轨飞行来实现，其行驶方式很像大航海时代驶逆向风的帆船。七十天后，它将通过火星轨道；一百六十天后，它将掠过木星；两年后，它将飞出冥王星轨道成为一艘恒星际飞船，飞船上的所有人将进入冬眠；四十五年后它将掠过半人马座，宇航员们将短暂苏醒，自中国太阳启程一个世纪后，地球才能收到他们发回的关于半人马座的探测信息；这时，中国太阳正在飞向天狼星的路上，由于半人马座三星的加速，它的速度将达到光速的百分之十五，将于六十年后，也就是自地球启程一个世纪后到达天狼星，当中国太阳掠过这个由天狼星 A、B 构成的双星系统后，它的速度将增加到光速的十分之二，向星空的更深处飞去。按照飞船上生命冬眠系统能维持的时间极限，中国太阳有可能到达波江座-ε 星，甚至可能（虽然这种可能性很小很小）最后到达鲸鱼座 79 星，这些恒星被认为可能有行星存在。

　　谁也不知道中国太阳将飞多远，水娃他们将看到什么样的神奇世界，也许有一天他们对地球发出一声呼唤，要上千年才能得到回音。但水娃始终会牢记母亲行星上的一个叫中国的国度，牢记那个国度西部一片干旱土地上的一个小村庄，牢记村前的那条小路，他就是从那里启程的。

2001 年 8 月 18 日于娘子关

坍　缩

坍缩将在凌晨1时24分17秒时发生。

对坍缩的观测将在国家天文台最大的观测厅进行，这个观测厅接收在同步轨道上运行的太空望远镜发回的图像，并把它投射到一面面积有一个篮球场大小的巨型屏幕上。现在，屏幕上还是空白。到场的人并不多，但都是理论物理学、天体物理学和宇宙学的权威，对即将到来的这一时刻，他们是这个世界上少数真正能理解其含义的人。此时他们静静地坐着，等着那一时刻，就像刚刚用泥土做成的亚当夏娃等着上帝那一口生命之气一样。只有天文台的台长在焦躁地来回踱着步。巨型屏幕出了故障，而负责维修的工程师到现在还没来，如果她来不了的话，来自太空望远镜的图像只能在小屏幕上显示，那这一伟大时刻的气氛就差多了。

丁仪教授走进了大厅。

科学家们都提前变活了，他们一齐站了起来。除了半径二百光年的宇宙，能让他们感到敬畏的就是这个人了。

丁仪同往常一样目空一切，没有同任何人打招呼，也没有坐到那把为他准备的大而舒适的椅子上去，而是信步走到大厅的一角，欣赏起那里放在玻璃柜中的一个大陶土盘来。这个陶土盘是天文台的镇台之宝,是价值连城的西周时代的文物,上面刻着几千年前已化为尘土的眼睛所看到的夏夜星图。这个陶土盘经历了沧海桑田的漫长岁月已到了崩散的边缘,上面的星图模糊不清,但大厅外面的星空却丝毫没变。

丁仪掏出一个大烟斗,向一个上衣口袋里挖了一下,就挖出了满满一斗烟丝,然后旁若无人地点上烟斗抽了起来。大家都很惊诧,因为他有严重的气管炎,以前是不抽烟的,别人也不敢在他面前抽烟。再说,观测大厅里严禁吸烟,而那个大烟斗产生的烟比十支香烟都多。

但,丁教授是有资格做任何事情的。他创立了统一场论,实现了爱因斯坦的梦。他的理论对宇宙大尺度空间所作的一系列预言都得到了实际观测的精确证实。后来,使用统一场论的数学模型,上百台巨型计算机不间断地运行了三年,得出了令人难以置信的结论:已膨胀了二百亿年的宇宙将在两年后转为坍缩。

现在,这两年时间只剩不到一个小时了。白色的烟雾在丁仪的头上聚集盘旋,形成梦幻般的图案,仿佛是他那不可思议的思想从大脑中飘出……台长小心翼翼地走到丁仪身边,说:"丁老,今天省长要来,请到他不容易,请您一定对省长施加一些影响,让他给我们多少拨一些钱。本来不该用这些事使您分心的,但台里的经费状况已到了山穷水尽的地步,国家今年不可能再给钱,只能向省里要了。我们是国内主要的宇宙学观测基地,可您看我们到了什么地步,连射电望远镜的电费都拿不出,现在,我们已经开始打它的主意了,"台长指了指丁仪正欣赏的古老的星图盘,"要不是有文物法,我们早就卖掉它了!"

这时,省长同两名随行人员一起走进了大厅,他们的脸上露着忙碌的疲惫,把一缕尘世的气息带进这超脱的地方。"对不起,哦,丁老您好,大家好,对不起来晚了。今天是连续暴雨后的第一个晴天,洪水形势很紧张,长江已接近一九五四年的最高水位了。"

台长激动地说了许多欢迎的话,然后把省长领到丁仪面前,"下面请丁老为您介绍一下宇宙坍缩的概念……"他同时向丁仪递了个眼色。

"这样好不好,我先说说自己对这个概念的理解,然后请丁老和各位科学家指正。首先,哈勃发现了宇宙的红移现象,是哪一年我记不清了。我们所能观测到的所有星系的光谱都向红端移动,根据开普勒效应,这显示所有的星系都在离我们远去。由以上现象我们可以得出结论:宇宙在膨胀之中。由此又得出结论:宇宙是在二百亿年前的一次大爆炸中诞生的。如果宇宙的总质量小于某一数值,宇宙将永远膨胀下去;如果总质量大于某一数值,则万有引力逐渐使膨胀减速,最后使其停止,之后,宇宙将在引力作用下走向坍缩。以前宇宙中所能观测到的物质总量使人们倾向于第一个结论,但后来发现中微子具有质量,并且在宇宙中发现了大量的以前没有观测到的暗物质,这使宇宙的总质量大大增加,使人们又转向了后一个结论,认为宇宙的膨胀将逐渐减慢,最后转为坍缩,宇宙中的所有星系将向一个引力中心聚集,这时,同样由于开普勒效应,在我们眼中所有星系的光谱将向蓝端移动,即蓝移。现在,丁老的统一场论计算出了宇宙由膨胀转为坍缩的精确时间。"

"精彩!"台长恭维地拍了几下手,"像您这样对基础科学有如此了解的领导是不多的,我想,丁老也是这么认为的。"他又向丁仪使了个眼色。

"他说的基本正确。"丁仪慢慢地把烟灰磕到干净的地毯上。

"对,对,如果丁老都这么认为……"台长高兴得眉飞色舞。

"正确到足以显示他的肤浅。"丁仪又从上衣口袋挖出一斗烟丝。

台长的表情凝固了,科学家们那边传来了低低的几声笑。

省长很宽容地笑了笑,"我也是学的物理专业,但以后这三十年,我都差不多忘光了,同在场的各位相比,我的物理学和宇宙学知识,怕是连肤浅都达不到。唉,我现只记得牛顿三定律了。"

"但离理解它还差得很远。"丁仪点上了新装的烟丝。

台长哭笑不得地摇摇头。

"丁老,我们生活在两个完全不同的世界里。"省长感慨地说,"我的世界是一个现实的、无诗意的、烦琐的世界,我们整天像蚂蚁一样忙碌,目光也像蚂蚁一样受到局限。有时深夜从办公室里出来,抬头看看星空,已是难得的奢侈了。您的世界充满着空灵与玄妙,您的思想跨越上百光年的空间和上百亿年的时间,地球对于您只是宇宙中的一粒灰尘,现世对于您只是永恒中短得无法测量的一瞬,整个宇宙似乎都是为了满足您的好奇心而存在的。说句真心话,丁老,我真有些嫉妒您。我年轻时做过那样的梦,但进入您的世界太难了。"

"但今天晚上并不难,您至少可以在丁老的世界中待一会儿,一起目睹这个世界最伟大的一瞬间。"台长说。

"我没有这么幸运。各位,很对不起,长江大堤已出现多处险情,我得马上赶到防总去。在走之前,我还有个问题想请教丁老,这个问题在您看来可能幼稚可笑,但我苦想了很长时间也没有弄明白。第一个问题,坍缩的标志是宇宙由红移转为蓝移,我们将看到所有星系的光谱同时向蓝端移动。但目前能观测到的最远的星系距我们二百亿光年,按您的计算,宇宙将在同一时刻坍缩,那样的话,我们要过二百亿年才能看到这些星系的蓝移出现。即使最近的半人马座,也要在四年之后才能看到它的蓝移。"

丁仪缓缓地吐出一口烟雾,那烟雾在空中飘浮,像微缩的旋涡星系。"很好,能看到这一点,使您有点像一个物理系的学生了,尽管仍是一个肤浅的学生。是的,我们将同时看到宇宙中所有星系光谱的蓝移,而不是在从四年到二百亿年的时间上依次看到。这源于宇宙大尺度范围内的量子效应,它的数学模型很复杂,是物理学和宇宙学中最难表述的概念,没有希望您理解。但由此您已得到第一个启示,它提醒您,宇宙坍缩产生的效应远比人们想象得复杂。您还有问题吗?哦,您没有必要马上走,您要去处理的事情并不像您想象得那样紧迫。"

"同您的整个宇宙相比,长江的洪水当然微不足道了。但丁老,神秘的宇宙固然令人神往,现实生活也还是要过的。我真的该走了,谢谢丁老的教诲,祝各位今晚看到你们想看的。"

"您不明白我的意思,"丁仪说,"现在长江大堤上一定有很多人在抗洪。"

"但我有我的责任,丁老,我必须回去。"

"您还是不明白我的意思,我是说大堤上的人们一定很累了,你可以让他们也离开。"

所有的人都惊呆了。

"什么……离开?!干什么,看宇宙坍缩吗?"

"如果他们对此不感兴趣,可以回家睡觉。"

"丁老,您真会开玩笑!"

"我是认真的,他们干的事已没有意义。"

"为什么?"

"因为坍缩。"

沉默了好长时间,省长指了指大厅一角陈列的那个古老的星图盘说:"丁老,宇宙一直在膨胀,但从上古时代到今天,我们所看到的宇宙没有什么变化。坍缩也一样,人类的时空同宇宙时空相比,渺小到可以忽略不计,除了纯理论的意义外,我不认为坍缩会对人类生活产生任何影响。甚至,我们可能在一亿年之后都不会观测到坍缩使星系产生的微小位移,如果那时还有我们的话。"

"十五亿年,"丁仪说,"如果用我们目前最精密的仪器,十五亿年后我们才能观测到这种位移,那时太阳早已熄灭,大概没有我们了。"

"而宇宙完全坍缩要二百亿年,所以,人类是宇宙这棵大树上的一滴小露珠,在它短暂的寿命中,是绝对感觉不到大树的成长的。您总不至于同意互联网上那些可笑的谣言,说地球会被坍缩挤扁吧!"

这时,一位年轻姑娘走了进来,她脸色苍白,目光黯淡,她就是负责巨型显示屏的工程师。

"小张,你也太不像话了!你知道这是什么时候吗?!"台长气急败坏地冲她喊道。

"我父亲刚在医院去世。"

台长的怒气立刻消失了:"真对不起,我不知道,可你看……"

工程师没再说什么,只是默默地走到大屏幕的控制计算机前,开始埋头检查故障。丁仪叼着烟斗慢慢走了过去。

"哦,姑娘,如果你真正了解宇宙坍缩的含义,父亲的死就不会让你这么悲伤了。"

丁仪的话激怒了在场的所有人,工程师猛地站起来,她苍白的脸由于愤怒而涨红,双眼充满泪水。

"您不是这个世界上的人!也许,同您的宇宙相比,父亲不算什么,但父亲对我是重要的,对我们这些普通人是重要的!而您的坍缩,不过是夜空中那弱得不能再弱的光线频率的一点点变化而已,这变化,甚至那光线,如果不是由精密仪器放大上万倍,谁都看不到!坍缩是什么?对普通人来说什么都不是!宇宙膨胀或坍缩,对我们有什么区别?!但父亲对我们是重要的,您明白吗?!"

当工程师意识到自己是在向谁发火时,她克制了自己,转身继续她的工作。

丁仪叹息着摇摇头,对省长说:"是的,如您所说,两个世界。我们的世界,"他挥手把自己和那一群物理学家和宇宙学家划到一个圈里,然后指指物理学家们,"小的尺度是亿亿分之一毫米,"又指指宇宙学家们,"大的尺度是百亿光年。这是一个只能用想象来把握的世界;而你们的世界,有长江的洪水,有紧张的预算,有逝去的和还活着的父亲……一个实实在在的世界。但可悲的是,人们总要把这两个世界分开。"

"可您看到它们是分开的。"省长说。

"不!基本粒子虽小,却组成了我们;宇宙虽大,我们身在其中。微观和宏观世界的每一个变化都牵动着我们的一切。"

"可即将发生的宇宙坍缩牵动着我们的什么呢?"

丁仪突然大笑起来,这笑除了神经质外,还包含着一种神秘的东西,让人毛骨悚然。

"好吧,物理系的学生,请背诵您所记住的时间空间和物质的关系。"省长像一个小学生那样顺从地背了起来:"由相对论和量子力学所构成的现代物理学已证明,时间和空间不能离开物质而独立存在,没有绝对时空,时间、空间和物质世界是融为一体的。"

"很好,但有谁真正理解呢?您吗?"丁仪问省长,然后转向台长,"您吗?"转向埋头工作的工程师,"您吗?"又转向大厅中其他的技术人员,"你们吗?"最后转向科学家们,"甚至你们?!不,你们都不理解。你们仍按绝对时空来思考宇宙,就像脚踏大地一样自然,绝对时空就是你们思想的大地,离开它你们对一切都无从把握。谈到宇宙的膨胀和坍缩,你们认为那只是太空中的星系在绝对的时间空间中散开和会聚。"他说着,踱到那个玻璃陈列柜前,伸手打开柜门,把那个珍贵的星图盘拿了出来,放在手上抚摸着,欣赏着。台长万分担心地抬起两只手在星图盘下护着,这件宝物放在那儿二十多年,还没有人敢动一下。台长焦急地等着丁仪把星图盘放回原位,但他没有,而是一抬手,把星图盘扔了出去!

价值连城的古老珍宝,在地毯上碎成了无数陶土块。

空气凝固了,大家呆若木鸡。只有丁仪还在悠然地踱着步,是这僵住的世界中唯一活动的因素,他的话音仍不间断地响着。

"时空和物质是不可分的,宇宙的膨胀和坍缩包括整个时空,是的朋友们,包括整个时间和空间!"

又响起了一声破裂声,这是一只玻璃水杯从一名物理学家手中掉下去。引起他们震惊的原因同其他人不一样,不是星图盘,而是丁仪话中的含义。

"您是说……"一名宇宙学家死死地盯住丁仪,话卡在喉咙里说不出来。

"是的。"丁仪点点头,然后对省长说,"他们明白了。"

"那么,这就是统一场数学模型的计算结果中那个负时间参量的含义?!"一名物理学家恍然大悟地说。丁仪点点头。

"为什么不早些把它公布于世?! 您太不负责任了!"另一名物理学家愤怒地说。

"有什么用? 只能引起全世界范围的混乱,对时空,我们能做些什么?"

"你们都在说些什么?!"省长一头雾水地问。

"坍缩……"台长,同时是一名天体物理学家,做梦似的喃喃地说。

"宇宙坍缩会对人类产生影响,是吗?"

"影响?不,它将改变一切。"

"能改变什么呢?"

科学家们都在匆匆地整理着自己的思绪,没人回答他。

"你们就告诉我,坍缩时,或宇宙蓝移开始时,会发生什么?"省长着急地问。

"时间将反演。"丁仪回答。

"反演?"省长迷惑地望望台长,又望望丁仪。

"时光倒流。"台长简短地解释。

巨型屏幕这时修好了,壮丽的宇宙出现在大家面前。为了使坍缩的出现更为直观,太空望远镜发回的图像由计算机进行变频处理,并对频率变化所产生的色彩效应进行了视觉上的夸张。现在所有的恒星和星系发出的光在大屏幕上都呈红色,象征着目前膨胀中宇宙的红移。当坍缩开始时,它们将同时变为蓝色。屏幕的一角显示出蓝移出现的倒计时:一百五十秒。

"我们的时间随宇宙膨胀了二百亿年,但现在,这膨胀的时间只剩不到三分钟了,之后,时间将随宇宙坍缩,时光将倒流。"丁仪走到木然的台长面前,指指摔碎的星图盘,"不必为这件古物而痛心,蓝移出现后不久,碎片就会重新复原,它会回到陈列柜中去,多少年以后,回到土中深埋,再过几千年的时间,它将回到燃烧的窑中,然后作为一团潮泥回到那位上古天文学家的手中……"他走到那位年轻的女工程师身边,"也不要为你的父亲悲伤,他将很快复活,你们很快就会见面。如果父亲对你很重要,你应该感到安慰,因为在坍缩的宇宙中,他比你长寿,他将看着你作为婴儿离开这个世界。是的,我们这些老人都是刚刚踏上人生旅途,而你们年轻人则已近暮年,或说幼年。"他又走到省长面前,"如果过去没有,那么长江的洪水未来永远不会在您的任期内越出江堤,因为现在宇宙中的未来只剩一百秒了。坍缩宇宙中的未来就是膨胀宇宙中的过去。最大的险情要到一九五四年才会出现,但那时您的生命已接近幼年,那不是您的责任了。还有一分钟,现在无论做什么,都不会对将来产生后果,大家可以做各自喜欢的事情而不必顾虑将来,在这个时间里已经没有将来了。至于我,我现在只是干我喜欢,但以前由于气管炎而不能干的一件小事。"丁仪又用大烟斗从口袋里挖了一锅烟丝点上,悠然地抽了起来。

蓝移倒计时五十秒。

"这不可能!"省长叫道,"从逻辑上这说不通,时间反演?一切都将反过来进行,难道我们倒着说话吗?这太难以想象了!"

"您会适应的。"

蓝移倒计时四十秒。

"也就是说,以后的一切都是重复,那历史和人生变得多么乏味。"

"不会的,你将在另一个时间里,现在的过去将是您的未来,我们现在就在那时的未来里。您不可能记住未来,蓝移开始时,您的未来一片空白,对它,您什么都不记得,什么都不知道。"

蓝移倒计时二十秒。

"这不可能!"

"您将会发现,从老年走向幼年,从成熟走向幼稚是多么合理,多么理所当然,如果有人谈起时间还有另一个流向,您会认为他是痴人说梦。快了,还有十几秒,十几秒后,宇宙将通过一个时间奇点,在那一点时间不存在。然后,我们将进入坍缩宇宙。"

蓝移倒计时八秒。

"这不可能！真的不可能！！"

"没关系，您很快就会知道的。"

蓝移倒计时五秒，四，三，二，一，零。

宇宙中的星光由使人烦躁的红色变为空洞的白色……

……时间奇点……

……星光由白色变为宁静美丽的蓝色，蓝移开始了，坍缩开始了。

…………

。了始开缩坍，了始开移蓝，色蓝的丽美静宁为变色白由光星……

……点奇间时……

……色白的洞空为变色红的躁烦人使由光星的中宙宇

。零，一，二，三，四，秒五时计倒移蓝

"。的道知会就快很您，系关没"

"！！能可不的真！能可不这"

。秒八时计倒移蓝

"。宙宇缩坍入进将们我，后然。在存不间时点一那在，点奇间时个一过通将宙宇，后秒几十，秒几十有还，了快。梦说人痴是他为认会您，向流个一另有还间时起谈人有果如，然当所理么多……"

…………

109

全频带阻塞干扰

以深深的敬意献给俄罗斯人民,他们的文学影响了我的一生。

在战场电磁干扰形式选择上,本手册主张采用对某一特定频率或信道所进行的瞄准式干扰,而不主张同时干扰一个较宽频带的阻塞式干扰,因为后者对己方的电磁通信和电子支援措施也会产生影响。

——摘自1993年美国陆军《电子战手册》

1月5日,斯摩棱斯克前线

失陷的城市已经看不见了,战线在一夜之间后退了40千米。

在凌晨的天光下,雪原呈现一种寒冷的暗蓝色。在远方的各个方向上,被击中的目标冒出一道道黑色的烟柱,几乎无风,这些烟柱笔直地向高空升去,好像是连接天地的一条条细长的黑纱。顺着这些烟柱向上看,卡琳娜吃了一惊:刚刚显现晨光的天空被一团巨大的白色乱麻充塞着，这纷乱的白色线条仿佛是一个精神错乱的巨人疯狂地画在天上的。那是混杂在一起的歼击机的航迹，是俄罗斯空军和北约空军为争夺制空权所进行的一夜激战留下的。

来自空中和远方的精确打击也持续了一夜，在一位非专业人士看来，打击似乎并不密集，爆炸声每隔几秒钟甚至几分钟才响一次，但卡琳娜知道，每一次爆炸都意味着一个重要目标被击中，几乎不会打空。这一声声爆炸，仿佛是昨夜这篇黑色文章中的一个个闪光的标点符号。当凌晨到来时，卡琳娜不知道防线还剩下多少力量，甚至不知道防线是否还存在，似乎整个世界上只有她一人在抵抗。

卡琳娜少校所在的电子对抗排是在半夜被毁灭的，当时这个排所在的位置上落下了六颗激光制导炸弹。卡琳娜侥幸逃生，那辆装载干扰机的 BMP-2 装甲车还在燃烧，这个排的其他电子战车辆现在都变成散落在周围雪地上的一堆堆黑色金属块。卡琳娜所在的弹坑中的余热正在散去，她感到了寒冷。她用手撑着坐直身体，右手触到了一团黏糊糊的冰冷绵软的东西，看上去像一个粘满了黑色弹灰的泥团。她突然意识到那是一块残肉，她不知道它属于身体的哪一部分，更不知道属于哪个人。在昨夜的那次致命打击中，阵亡了一名中尉、两名少尉和八名士兵。卡琳娜呕吐起来，但除了酸水什么也没吐出来。她拼命地把双手在雪里擦，想把手上的血迹擦掉，但那黑红色的血迹在寒冷中很快在手上凝固，还是那么醒目。

令人窒息的死寂已持续了半个小时，这意味着新一轮的地面进攻就要开始了。卡琳娜拧大了别在左肩上的对讲机的音量，但传出的只有沙沙的噪音。突然，有几句模糊的话语传了出来，仿佛是大雾中飞过的几只鸟儿。

"……06 观察站报告，1437 阵地正面，M1A2 三十七辆，平均间隔六十米；布莱德雷运兵车四十一辆，距 M1A2 攻击前锋五百米；

M1A2 二十四辆,勒克莱尔八辆,正在向 1633 阵地侧翼迂回,已越过同 1437 的接合部,1437、1633、1752,准备接敌!"

卡琳娜克制住因寒冷和恐惧引起的颤抖,使地平线在望远镜视野中稳定下来。她看到天边出现了一团团模糊的雪雾,给地平线镶上了一道毛茸茸的边儿。

这时卡琳娜听到了身后传来的发动机的轰鸣声,一排 T90 式坦克越过她的位置冲向敌人,在后面,更多的俄罗斯坦克正在越过高速公路的路基。卡琳娜又听到了另一种轰鸣声,敌人的攻击直升机群在前方的天空中出现,它们队形整齐,在黎明惨白的天空中形成一片黑色的点阵。卡琳娜周围坦克的发烟管启动了,随着一阵低沉的爆破声,阵地笼罩在一片白色的烟雾中。透过白雾的缝隙,她看到俄罗斯的直升机群正从头顶掠过。

坦克上的 125 毫米炮急风骤雨般地响了起来,白雾变成了疯狂闪烁的粉红色光幕。几乎与此同时,第一批敌人的炮弹落了下来,白雾中粉红色的光芒被爆炸产生的刺眼蓝白色闪电所代替。卡琳娜伏在弹坑的底部,她感到身下的大地在密集的巨响中像一张振动的鼓皮,身边的泥土和小石块被震得飞起好高,落满了她的后背。在这爆炸声中,还可隐约听到反坦克导弹发射时的嘶鸣声。卡琳娜感到整个宇宙都在这撕人心肺的巨响中化为碎片,并向无限深处坠落……就在她的神经几乎崩溃时,这场坦克战结束了,它只持续了约三十秒钟。

当白雾和浓烟散去时,卡琳娜看到面前的雪地上散布着被击中的俄罗斯坦克,燃起一堆堆裹着黑烟的熊熊大火;她举目望去,不用望远镜也能看到,远方同样有一大片被击毁的北约坦克,它们看上去是雪原上一个个冒出浓烟的黑点。但更多的敌人坦克正越过那一片残骸冲过来,它们裹在由履带搅起的一团团雪雾中。"艾布拉姆斯"那凶猛的扁宽前部不时从雪雾中露出来，仿佛是一只只从海浪中冲出的恶龟，滑膛炮炮口的闪光不时亮起，好像恶龟闪亮的眼睛……低空中，直升机的混战仍在继续，卡琳娜看到一架阿帕奇在不远的半空爆炸，一架米28拖着漏出的燃料，摇晃着掠过她的头顶，在几十米之外坠地，炸成了一团火球。近距空空导弹的尾迹，在低空拉出了无数条平行的白线……

卡琳娜听到咣的一声响，她转身一看，不远处一辆被击中后冒出浓烟的T90后部的底门打开了，没看到人出来，只见门下方垂下一只手。卡琳娜从弹坑中跃出，冲到那辆坦克后面抓住那只手向外拉，车内响起一声沉闷的爆炸，一股灼热的汽浪把卡琳娜向后冲了几步远，她的手上抓住了一团黏软的很烫的东西，那是从坦克手的手上拉脱的一团烧熟的皮肤。卡琳娜抬头看到一股火焰从底门中喷出，她通过底门，看到车内已成了一座小型的炼狱，在那暗红色的透明的火焰中，坦克手一动不动的身影清晰可见，像在水中一样波动着。

卡琳娜又听到两声尖啸，这是她左前方的一个导弹班把最后的两枚反坦克导弹发射出去，其中一枚有线制导的"赛格"导弹成功地击毁了一辆"艾布拉姆斯"，另一枚无线制导的导弹则被干扰，向斜上方冲去，失去了目标。这时，那个导弹班的六个人撤出掩体向卡琳娜所在的弹坑跑来，一架科曼奇直升机向他们俯冲下来，它那棱角分明的机体看上去像一只凶猛的鳄鱼。一长排机枪子弹打在雪地上，击起的雪和土如同一道突然立起又很快倒下的栅栏，这栅栏从那支小小的队伍中穿过，击倒了其中的四个人，只有一名中尉和一名士兵到达了弹坑。这时卡琳娜才注意到那名中尉戴着坦克防震帽，可能来自一辆已被击毁的坦克。他们每人手中都拿着一管反坦克火箭筒。跳进弹坑后，中尉首先向距他们最近的一辆敌坦克射击,击中了那辆M1A2的正面,诱发了它的反应装甲,火箭弹和反应装甲的爆炸声混在一起,听起来很怪异。坦克冲出了爆炸的烟雾,反应装甲的残片挂在它前面,像一件破烂的衣衫。那名年轻的士兵继续对着它瞄准,他手中的火箭筒随着坦克的起伏而抖动,一直没有把握击发。当距他们只有四五十米的坦克冲进一个低洼地时,那名士兵只能站到弹坑的边缘向斜下方瞄准,他手中的火箭筒与那辆"艾布拉姆斯"的120毫米炮同时响了,坦克的炮手情急之中发射的是一发不会爆炸的贫铀穿甲弹,初速每秒八百米的炮弹击中了那个士兵,把他上半身打成了一团飞溅的血花!卡琳娜感觉到细碎的血肉有力地打在她的钢盔上,噼啪作响,她睁开眼睛,看到就在她眼前的弹坑边缘,那名士兵的两条腿如同两根黑色的树桩,无声地滚落到弹坑底部她的脚下,他身体被粉碎的其他部分,在雪地上溅出了一大片放射状的红色斑点。火箭击中了"艾布拉姆斯",聚能爆炸的热流切穿了它的装甲,车体冒出了浓烟。但那个钢铁怪兽仍拖着浓烟向他们冲来,直冲到距他们二十米左右才在车体内的一声爆炸中停了下来,那声爆炸把它炮塔的顶盖高高掀了上去。

紧接着,北约的坦克阵线从他们周围通过,地皮在履带沉重的撞击下微微颤抖。但这些坦克对他们俩所在的弹坑并没有加以理会。当第一波的坦克冲过去后,中尉一把拉住卡琳娜的手,拉着她跃出弹坑,来到一辆已布满弹痕的吉普车旁。在二百多米远处,第二装甲攻击波正快速冲过来。

"躺下装死!"中尉说。卡琳娜于是躺到了吉普车的轮子边,闭上双眼,"睁开眼更像!"中尉又说,并在她脸上抹了一把不知是谁的血。他也躺下,与卡琳娜成直角,头紧挨着卡琳娜的头,他的钢盔滚到了一边,粗硬的头发扎着卡琳娜的太阳穴。卡琳娜大睁着双眼,看着几乎被浓烟吞没的天空。

两三分钟后,一辆半履带式布莱德雷运兵车在距他们十几米处停下来,从车上跳下几名身穿蓝白相间雪地迷彩服的美军士兵,他们中大部分平端着枪成散兵线向前去了,只有一个朝这辆吉普走来。卡琳娜看到两只粘满雪尘的伞兵靴踏到了紧靠她脸的地方,她能清楚地看到插在伞兵靴上的匕首刀柄上82空降师的标志——一匹帕加索斯飞马。那个美国人俯身看她,他们的目光相遇了,卡琳娜尽最大努力使自己的目光呆滞无神,面对着那双透出惊愕的蓝色瞳仁。

"Oh, God!"

卡琳娜听到了一声惊叹,不知是惊叹这名肩上有一颗校星的姑娘的美丽,还是她那满脸血污的惨相,也许两者都有。他接着伸手解她领口的衣扣,卡琳娜浑身起了鸡皮疙瘩,把手向腰间的手枪移动了几厘米,但这个美国人只是扯下了她脖子上的标志牌。

他们等的时间比预想的长,敌人的坦克和装甲车源源不断地从他们两旁轰鸣着通过,卡琳娜感到自己的身体在雪地上都快冻僵了,她这时竟想起了一首军队诗歌中的两句,那首诗是她在一本记述马特洛索夫事迹的旧书上读到的:"士兵躺在雪地上,就像躺在天鹅绒上一样。"她得到博士学位的那天,曾把这两句诗写到日记上,那也是一个雪夜,她站在莫斯科大学科学之宫顶层的窗前,那夜的雪也真像天鹅绒,雪雾中,首都的万家灯火时隐时现。第二天她就报名参军了。

这时,有一辆吉普车在距他们不远处停了下来,三名北约军官在车上抽着雪茄聊天。这时,卡琳娜和中尉的周围空旷起来,他们跳上吉普车,中尉把车发动,沿着早已看好的路飞快驶去。他们身后响起了冲锋枪的射击声,子弹从头顶飞过,其中一颗打碎了一个后视镜。吉普车急拐进了一个燃烧着的居民点,敌人没有追过来。

"少校,你是博士,是吗?"中尉开着车问。

"你在哪儿认识的我?"

"我见过你和列夫森科元帅的儿子在一起。"

沉默了一会儿,中尉又说:"现在,他的儿子可是世界上离战争最远的人了。"

"你这话什么意思,你要知道……"

"没什么意思,说说而已。"中尉淡淡地说,他们的心思都不在这个话题上,他们都在想着还抱有的那一线希望。

但愿整个战线只有这一处被突破。

1月5日,近日轨道,"万年风雪号"

米沙感到了一个人独居一座城市的孤独。

"万年风雪号"太空组合体确实有一座小城市那么大,它的体积相当于两艘巨型航空母舰,能使五千人同时在太空中生活。当组合体处于旋转重力状态时,里面甚至有一个游泳池和一条小河流,这在当今的太空工作环境中,可以说是绝无仅有的奢侈。但事实是,"万年风雪号"是自"和平号"以来俄罗斯航天界一贯的节俭思维的结果。它的设计思想是:在一个构造中组合太阳系内太空探索的所有功能,这样虽一次性投资巨大,但从长远看还是十分经济的。"万年风雪号"被西方戏称为"太空的瑞士军刀",它可作为空间站在地球各个高度的轨道上运行,它可以方便地移动到绕月球轨道,或做行星际探索飞行。"万年风雪号"已进行过金星和火星飞行,并探测过小行星带。以它那巨大的体积,等于把一个研究院搬到了太空中,就太空科学研究而言,它比西方那些数量众多但小巧玲珑的飞船具有更大的优势。

当"万年风雪号"准备开始前往木星的为期三年的航行时,战争爆发了。当时它上面的一百多名乘员全都返回了地面,他们大部分是空军军官,只留下了米沙一个人。这时"万年风雪号"暴露出它的一个缺陷:在军事上它目标太大,且没有任何防御能力,没有预见到后来太空军事化的进程,是设计者的一个失误。战争爆发后,"万年风雪号"只能进行躲避飞行。向外太空是不行的,在木星轨道之内,有大量的北约无人航行器,它们都体积不大,武装或非武装,每一个对"万年风雪号"都是致命的威胁。于是,它只有航向近日空间,"万年风雪号"引以为傲的主动制冷式热屏蔽系统,使它可以比目前人类的任何太空航行器都更接近太阳。现在"万年风雪号"已到达水星轨道,距太阳五千万千米,距地球一亿千米。

虽然"万年风雪号"上的大部分舱室已经关闭,但留给米沙的空间仍大得惊人。透过广阔的透明穹顶,比地球上看去大三倍的太阳照耀着,可以清楚地看到太阳表面的斑耀和紫色日冕中奇丽的日珥,有时甚至还可以看到光球表面因对流而产生的米粒组织。这里的宁静是虚假的,外面,太阳抛出的粒子流和射电波的狂风巨浪在呼啸,"万年风雪号"就是这动荡海洋中漂浮的一粒小小的种子。

一束如游丝般的电波把米沙同地球连接起来,也把那遥远世界的忧虑带给了他。他刚刚得知,莫斯科近郊的控制中心已被巡航导弹摧毁,对"万年风雪号"的控制转由设在古比雪夫的第二控制中心执行。他每隔五个小时接收一份从地球传来的战争新闻,每到这时,他就想起了父亲。

1月5日,俄罗斯军队总参谋部

米哈伊尔·谢米扬诺维奇·列夫森科元帅觉得自己面对着一

堵墙,他面前实际是一面平放的莫斯科战区全息战场地图。而以前当他面对挂在墙上的宽大的纸制地图时,却能看到广阔而深邃的空间。不管怎样,他还是喜欢传统的地图。记不清有多少次,要找的位置在地图的最下方,他和参谋们只好趴在地上看,现在想起来他不禁微微一笑。他又想起在多次演习前,在野战帐篷中用透明胶带把刚发下来的作战地图拼贴起来,他总贴不好,倒是第一次随他看演习的儿子一上手就比他贴得好……发现自己又想起儿子时,他警觉地打住了思绪。

作战室中只有他和西部集群司令两人,后者一根接一根地抽烟,他们凝神地盯着全息地图上方变幻的烟团,仿佛那就是严峻的战局。

西部集群司令说:"北约在斯摩棱斯克一线的兵力已达七十五个师,攻击正面有一百千米宽,已多处突破。"

"东线呢?"列夫森科元帅问。

"第11集团军的大部也倒向右翼,这您是知道的。右翼军队的兵力已达二十四个师,但他们对雅罗斯拉夫尔的攻击仍然是试探性的。"

地面的一次爆炸把微微的震动传了下来,作战室里充满了随着顶板上的挂灯而轻轻摇晃的影子。

"现在,已有人谈论退守莫斯科,凭借城市外围建筑和工事进行巷战了,像七十多年前一样。"

"胡说八道!我们一旦从西线收缩,北约就可能从北部迂回,在加里宁同右翼军队会合,莫斯科将不战自乱。下步作战方针,第一是反击,第二是反击,第三还是反击。"

西部集群司令叹了一口气,无言地看着地图。

列夫森科元帅接着说:"我知道西线力量不够,准备从东线抽调一个集团军加强西线。"

"什么？现在的雅罗斯拉夫尔防守已经很难了。"

列夫森科元帅笑了笑："现在相当多指挥官的误区，就是只从军事角度考虑问题，严峻的形势让我们钻进去出不来了。从目前的态势看，你认为右翼军队没有力量攻下雅罗斯拉夫尔吗？"

"我认为不是，像第14集团军这样的精锐部队，集中了如此密集的装甲和低空攻击力量，在没有遭受太大损失的情况下一天的推进还不到十五千米，显然是有意放慢的。"

"这就对了，他们在观望，在观望西线战局！如果我们在西线夺回战场主动权，他们就会继续观望下去，甚至有可能在东线单方面停火。"

西部集群司令把刚拿出的一根烟夹在手上，忘了点火。

"东线的几个集团军的叛变确实是在我们背后捅了一刀，但一些指挥官在心理上把这当作借口，使我们的作战方针趋向消极，这种心态必须转变！当然，应当承认，要从根本上扭转战局，莫斯科战区的力量不够，我们的最终希望寄托在增援的高加索集群和乌拉尔集群上。"

"较近的高加索集群要完成集结并进入出击位置，最少也需一个星期，考虑到制空权的因素，时间可能还要长。"

1月5日，莫斯科

卡琳娜和那位中尉的吉普车开进城时已是下午三点多，空袭警报刚刚响过，街上空荡荡的。

中尉长叹一口气说："少校，我真想念我那辆T90啊！四年前从装甲学院毕业的时候，也正是我失恋的时候，可刚到部队的我一看到那辆坦克,心情一下子由阴转晴了。我摸着它的装甲,光溜溜温乎乎的,像摸着女孩子的手。嗨,那个女孩儿算什么,这才是男人真正的伴侣!可今天早上,它中了一颗西北风,唉,可能现在火还没灭呢……"

这时,城市西北方向传来密集的爆炸声,这是现代空袭中很少见的野蛮的地毯式轰炸。

中尉仍沉浸在早上的战斗中,"唉,不到三十秒钟,整整一个坦克营就完了。"

"敌人的伤亡也很大,"卡琳娜说,"我注意观察了战果,双方被击毁的装甲目标的数量相差并不大。"

"双方坦克的对毁率大约 1 比 1.2 吧,直升机差一些,但也不会超过 1 比 1.4。"

"要是这样的话,战场的主动权应在我们一边,我们在数量上占很大优势,仗怎么会打成这样呢?"

中尉扭头看了卡琳娜一眼,"你是搞电子战的,还不明白为什么?你们的那套玩意儿,什么第五代 C3I,什么三维战场显示,还有动态态势模拟,攻击方案优化之类的,在演习中很像回事,可一到实战中,我面前的液晶屏上显示最多的就两句:Communication error 和 Could not log in。就说今天早上吧,我的正面和两翼的情况全不清楚,只接到一个命令:接敌。唉……假如再投入一半的增援兵力,敌人就不会在我们的位置突破。整个战线的情况,大都如此。"

卡琳娜知道,在刚刚过去的战斗中,双方在整个战线上投入的坦克总数可能超过一万辆,还有数目相当于坦克一半的武装直升机。

这时他们的车驶入了阿尔巴特街,昔日的步行街现在空空荡荡,古玩店和艺术品商店的门前堆着做工事的沙袋。

"我的那辆钢铁情人不亏本儿，"中尉仍沉浸在早上的战斗中不可自拔，"我肯定打中了一辆挑战者，但我最想打中的是一辆'艾布拉姆斯'，知道吗？一辆'艾布拉姆斯'……"

卡琳娜指着一家古玩店的门口，"那儿，我爷爷就死在那儿。"

"可这儿好像没有遭到空袭。"

"我说的是二十年前的事了，那时我才四岁。那个冬天真冷啊。暖气停了，房间里结了冰，我只好抱着电视机取暖，听着总统在我怀中向俄罗斯人许诺一个温暖的冬天。我哭着喊冷、喊饿，爷爷默默地看着我，终于下了决心，拿出了他珍藏的勋章，带着我走了出去，来到这里。那时这儿是自由市场，从伏特加到政治观点，人们什么都卖。一个美国人看上了爷爷的勋章，但只肯出四十美元。他说红旗勋章和红星勋章都不值钱的，但如果有赫梅利尼茨基勋章，他肯出100美元；光荣勋章，150；纳希幕夫勋章，200；乌沙科夫勋章，250；最值钱的胜利勋章您当然不可能有，那只授给元帅，但苏沃洛夫勋章也值钱，他可以出450美元……爷爷默默地走开了。我们沿着寒风中的阿尔巴特街走啊走，后来爷爷走不动了，天也快黑了，他无力地坐到那家古玩店的台阶上，让我先回家。第二天人们发现他冻死在那里，一只手伸进怀中，握着他用鲜血换来的勋章，睁大双眼看着这个他在七十多年前从古德里安的坦克群下拯救的城市……"

1月5日，俄罗斯军队总参谋部

一个星期以来，列夫森科元帅第一次走出了地下作战室，他踏着厚厚的白雪散步，同时寻找太阳，这时太阳已在挂满雪的松林后面落下了一半。在他的想象中，有一个小黑点正在夕阳那橘红色的表面缓缓移动，那是"万年风雪号"，元帅的儿子在上面，他是这个星球上离父亲最远的儿子了。

这件事在国内引起了许多流言蜚语,在国际上,敌人更是充分利用它,《纽约时报》用大得吓人的黑体字登出了一个标题:《战争史上逃得最远的逃兵!》下面是米沙的照片,照片的注脚是:在俄国政府煽动三亿俄罗斯人用鲜血淹没入侵者时,他们最高军事统帅的儿子却乘着这个国家唯一的一艘巨型飞船,逃到了距战场一亿千米的地方。他是目前这个国家最安全的人了。

但列夫森科元帅的心中很坦然。从中学到博士后,米沙周围几乎没有人知道他父亲是谁。航天控制中心做出这个决定,仅仅是因为米沙的研究专业是恒星的数学模型,"万年风雪号"这次接近太阳,对他的研究是一次难得的机会,而组合体不能完全遥控飞行,上面至少应有一个人。总指挥也是后来从西方的新闻中才得知米沙的身份的。

另一方面,不管列夫森科元帅是否承认,在他的内心深处,确实希望儿子远离战争。这并不仅仅是出于血肉之情,列夫森科元帅总觉得自己的儿子不属于战争,是的,他是世界上最不属于战争的人了。但他又知道自己这想法有问题:谁是属于战争的?

况且,米沙就属于恒星吗?他喜欢恒星,把全部生命投入到对它的研究上面,但他自己却是恒星的反面,他更像冥王星,像那颗寂静、寒冷的行星,孤独地运行在尘世之光照不到的遥远空间。米沙的性格,加上他那白皙清秀的外表,使人很容易觉得他像个女孩子。但列夫森科元帅心里清楚,儿子从本质上一点不像女孩子,女孩儿都怕孤独,但米沙喜欢孤独,孤独是他的营养,他的空气。

米沙是在东德出生的,儿子的生日对元帅来说是一生中最暗淡的一天。那天傍晚,还是少校的他,在西柏林蒂加尔登苏军烈士墓前,同部下一起为烈士们站四十多年来的最后一班岗。他的前面,是一群满脸笑容的西方军官,和几个牵着狼狗来换防的吊儿郎当的德国警察,还有那些高呼"红军滚出去"的光头新纳粹。他的身后,是大尉连长和士兵们含泪的眼睛,他控制不住自己,只好也让泪水模糊了这一切。天黑后回到已搬空的营地,在这回国前的最后一夜,他得知米沙出生了,但妻子因难产而死……回国后日子也很难,同从欧洲撤回的四十万军人和十二万文职人员一样,他没有住房,同米沙住在一间冬冷夏热的临时铁皮屋里。他昔日的同志为了生活什么都干,有的向黑社会出售武器,有的甚至到夜总会跳脱衣舞。但他一直像军人一样正直地生活着,米沙也在艰辛中默默地长大,同别的孩子不同,他似乎天生就会忍受,因为他有自己的世界。

早在上小学的时候,米沙每天都在自己的小房间里静悄悄地一人度过整个晚上,开始,元帅以为他在看书,但有一次他无意中发现,儿子是站在窗前一动不动地看着星星。

"爸爸,我喜欢星星,我要看一辈子星星。"他这样对父亲说。

十一岁生日那天,米沙向父亲提出了迄今为止唯一的一个要求:想要一架天文望远镜。这之前,他一直用列夫森科元帅的军用望远镜观察星星。后来,那架天文望远镜就成了米沙唯一的伴侣,他在阳台上看星星可以一直看到东方发白。有不多的几次,他们父子俩一起在阳台上看星星,元帅总是把望远镜对准夜空中看起来最亮的一颗星,但儿子不以为然地摇摇头,"那颗没意思,爸爸,那是金星,金星是行星,我只喜欢恒星。"

但其他男孩子喜欢的东西米沙却一点兴趣都没有。隔壁空降兵参谋长家的那个小胖子,偷拿父亲的手枪玩,结果走火把大腿打穿了;参谋部将军们的那些男孩子,如果能让爸爸领着到部队的靶场上打一次枪,就算是最高的奖赏了。但男孩子对武器的这种天生的依恋,在米沙身上丝毫没有出现,从这点上来说他确实不像男孩子。元帅对此很不安,他几乎无法容忍自己的儿子对武器无动于衷,以至于后来他做了一件至今想起来仍让他很不好意思的事:有一次,他把自己的那支马卡诺夫式手枪悄悄放到了儿子的书桌上。放学回来后不久,米沙就拿着枪从他的小房间中出来,他拿枪像女人那样,小心地握着枪管,他把枪轻轻地放到父亲面前,淡淡地说:"爸,以后别把这东西乱放。"

在对待米沙的前途问题上,元帅是一个开明的人,他不像自己周围的那些将军,一心想让儿子甚至女儿延续自己的军旅生涯。但米沙离父亲的事业确实太远太远了。

列夫森科元帅不是一个脾气暴躁的人,但作为一名全军统帅,他不止一次在上万名官兵面前斥责一位将军。但对米沙,他却从来没有发过火。这固然因为米沙一直默默地沿着自己的轨道成长,很少让父亲操心,更重要的是,米沙身上似乎生来就有一种非同寻常的超脱气质,这气质有时甚至让列夫森科元帅感到有些敬畏。就如同他在花盒中随意埋下一颗种子,却长出来绝世珍稀的植物,他敬畏地看着这植物一天天成长,小心地呵护着它,等着它开出花朵。他的期望没有落空,儿子现在已成为世界上最出色的天体物理学家。

这时太阳已在松林后面完全落下去,地上的雪由白色变成浅蓝色。列夫森科元帅收回了思绪,回到了地下作战室。开作战会议的人都到齐了,他们包括西部集群和高加索集群的主要指挥官。

另外还有更多的电子战指挥官,他们从少将到上尉都有,大部分是刚从前线回来的。作战室里正在进行着一场激烈的争论,争论的双方是西部集群的陆战部队和电子战部队的军官们。

"我们正确判明了敌人主攻方向的转变,"塔曼摩步师的费列托夫师长说,"我们的装甲力量和陆航低空攻击力量的机动性也并不差,但通信系统被干扰得一塌糊涂,C3I指挥系统几乎瘫痪!集团军中的电子战单位,级别从营升到了团,从团又升到了师,这两年在这上面的资金投入比常规装备的投入都多,就这么个结果?!"

负责指挥战区电子战的一位中将看了身边的卡琳娜一眼,同其他刚从前线归来的军官一样,她的迷彩服上满是污迹和焦痕,脸上还残留着血迹。中将说:"卡琳娜少校在电子战研究方面很有造诣,同时也是总参派往前线的电子战观察员,她的看法可能更有说服力一些。"像卡琳娜这样的年轻博士军官大多心直口快,无所顾忌,往往被人当枪使,这次也不例外。

卡琳娜站起来说:"大校,话不能这么说!比起北约,我们这些年对C3I的投入微不足道。"

"那电子反制呢?"师长问,"敌人能干扰我们,你们就不能干扰他们?!我们的C3I瘫痪了,北约的却转得很好,像上了润滑油似的,今天早上我对面的陆战一师能那么快速地转变攻击方向就是一个证明!"

卡琳娜苦笑了一下:"提起对敌干扰,费列托夫大校,不要忘了,就是在你们师的阵地上,你的人用枪顶着操作员的脑袋,使集团军电子对抗部队的干扰机被迫停了下来!"

"怎么回事?"列夫森科元帅问,这时人们才发现他进来,都起身敬礼。

"是这样,"师长对元帅解释说,"对我们的通信指挥系统来说,他们的干扰比北约的更厉害!在北约的干扰中,我们还能维持一定的无线通信,可他们的干扰机一开,就把我们全盖住了!"

卡琳娜说:"可同时敌人也全被盖住了!这是我军目前实施电子反制可选择的唯一战略。北约目前在战场通信中,已广泛采用诸如跳频、直接序列扩频、零可控自适应天线、猝发、单频转发和频率捷变这类技术①，我们用频率瞄准方式进行干扰根本不起作用，只能采用全频带段阻塞式干扰。"

第5集团军的一位上校质问："少校，北约采用的可全是频率瞄准式干扰，频带还相当窄，而我们的C3I系统也普遍采用了你提到的那些通信技术，为什么他们对我们的干扰那样有效呢？"

"这原因很简单，我们的C3I系统是建立在什么样的软硬件平台上？unix，linux，甚至Windows 2010，CPU是Intel和AMD！这是用人家养的狗给自己看门！在这种情况下，敌人可以很快掌握诸如跳频规律之类的电子战情报，同时用更多更有效的纯软件攻击加强其干扰效果。总参谋部曾经大力推广过国产操作系统，但到了下面阻力重重，你们集团军就是一个最顽固的堡垒……"

"好了，你们所说的问题和矛盾正是今天会议要解决的，开会！"列夫森科元帅打断了这场争论。

当大家在电子沙盘前坐好后，列夫森科元帅叫过一位少校参谋，这个身材细高的年轻人双眼眯缝着，好像不适应作战室中的光线。"介绍一下，这位是邦达连科少校，他的最大特点就是深度近视，他的眼镜与众不同，别人的眼镜镜片在镜框里边，他的镜片在镜框外面，哈，就像茶杯底那么厚啊！我们现在看不到它了，早上杨少校在吉普车遇到空袭时给砸了，好像隐形眼镜也弄丢了？"

"报告首长，那是在五天前在明斯克丢的，我的眼睛是在半年内变成这样的，这变化早些的话我进不了伏龙芝军事学院。"少校立

---

① 对这些电子战术语简介如下：跳频：发射机和接收机以同样的序列变换频率；直接序列扩频：使信号能量分散在很宽的频带上，以给侦听和干扰带来困难；零可控自适应天线：一种覆盖范围似肾形的天线，凹点指向天线无响应的敌方干扰机，以便在其他方向与己方天线通信；猝发：短时间采用宽频带或长时间采用很窄频带发送信息；频率捷变：在遭到干扰时自动改频。

正说。

虽然谁也不知道元帅为什么介绍这位少校,人群中还是响起了几声低低的笑声。

"战争爆发以来的事实说明,虽然有白俄罗斯战场的失利,但在空中和陆上常规武器方面,我们并不比敌人差多少;但在电子战方面,我们的差距之大出乎意料。造成这样的局面有很深远的历史原因,这不是我们今天要讨论的。我们要明确的是以下一点:目前,电子战是我军夺回战争主动权的关键!我们首先必须承认敌人在电子战方面的优势,甚至压倒性优势,然后我们必须以我军现有的电子战软硬件条件为基础,制定出一套行之有效的战略战术,这套战略战术的目的,是要在短时间内,使我军和北约在电子战方面形成某种力量上的平衡。也许大家认为这不可能:我军上世纪末以来的战争理论,主要是基于局部有限战争的,对目前在军事上如此强大的敌人的全面进攻,确实研究得不够。在这样严峻的形势下,我们必须以一种全新的方式思维,下面我要介绍的统帅部新的电子战战略,就可以看作这种思维的结果。"

灯灭了,电脑屏幕和电子沙盘都关闭了,重重的防辐射门也紧紧关闭,作战室淹没于伸手不见五指的黑暗之中。

"是我让关的灯。"黑暗中传来元帅的声音。

时间在黑暗和沉默中慢慢流逝,这样过了有一分钟。

"大家现在有什么感觉?"列夫森科元帅问。

没有人问答,浓重的黑暗使军官们仿佛沉没在夜之海的海底,他们觉得呼吸都有些困难。

"安德烈将军,你说说看。"

"这几天在战场上的感觉。"第5集团军司令说,黑暗中又响起了一阵低低的笑声。

"别的人呢,大概都与他有同感吧。"元帅说。

"当然,您想想,耳机里除了沙沙声什么也没有,屏幕上一片空白,对作战命令和周围的战场态势一无所知,可不就是这种感觉嘛!这黑暗,压得人喘不过气来啊!"

"但并非所有人都是这种感觉,邦达连科少校,你呢?"列夫森科元帅问。

邦达连科少校的声音从作战室的一角传来,"我的感觉不像他们这么糟糕,在亮着灯的时候,我看周围也是模模糊糊的。"

"你甚至还有一种优越感吧?"列夫森科元帅问。

"是的元帅,您可能听说过,在那次纽约大停电时,是一些瞎子带领人们走出摩天大楼的。"

"但安德烈将军的感觉也是可以理解的,他有一双鹰眼,还是个神枪手,他喝酒时常用手枪在十几米远处开酒瓶盖。想想他和邦达连科少校在这时用手枪决斗,可是一件很有意思的事。"

黑暗中的作战室又陷入了沉默,指挥官们都在思考。

灯亮了,人们都眯起了双眼,这与其说是不能适应这突然出现的亮光,不如说是对元帅刚刚暗示的思想感到震惊。

列夫森科元帅站起来说:"我想,刚才我已把我军下一步的电子战新战略表达清楚了:全频段大功率的阻塞干扰,在电磁通信上,制造一个双方'共享'的全黑暗战场!"

"这样将使我军的战场指挥系统全面瘫痪!"有人惊恐地说。

"北约也一样!瞎大家一起瞎,聋大家一起聋,在这样的条件下同敌人达到电子战的力量平衡。这就是新战略的核心思想。"

"那总不至于让我们用通信员骑摩托车去发布作战命令吧?!"

"要是路不好,他们还得骑马。"列夫森科元帅说,"我们粗略估计了一下,这样的全频段阻塞干扰,至少可覆盖北约70%的战场通信系统,这就意味着他们的C3I系统将全面瘫痪;同时还可使敌人50%至60%的远程打击武器失去作用,这其中最明显的例子就是'战斧'巡航导弹:现在的这种导弹的制导系统同上个世纪有了很大的改变,那时的'战斧'主要使用地形匹配和小型测高雷达来导航,现在这种导航方式只用作末端制导,而其射程的大部分依靠卫星全球定位系统。通用动力公司和麦克唐纳·道格拉斯公司认为他们所做的这种改进是一大进步,美国人太相信来自太空中的导航电波了,但GPS系统的电波传输一旦被干扰,'战斧'就成了瞎子。这种对GPS的依赖在北约大部分远程打击武器中都存在。在我们所设想的战场电磁条件出现时,就会逼着敌人同我们打常规战,充分发挥我们的优势。"

"我还是心里没底,"被从东线调往西线的第12集团军军长忧心忡忡地说,"在这样的战场通信条件下,我甚至怀疑我的集团军能不能从东线顺利地调到西线。"

"你肯定能的!"列夫森科元帅说,"这段距离,对库图佐夫来说都很短,我不信今天的俄罗斯军队离了无线电就走不过去了!被现代化装备惯坏的,应该是美国人而不是我们。我知道,当整个战场都处于电磁黑暗中时,你们心中肯定感到恐惧,这时要记住,敌人比你们恐惧十倍!"

当看着卡琳娜的身影混在这群穿迷彩服的军官中,在作战室的出口消失的时候,列夫森科元帅的心悬了起来。她将重返前线,而她所在的电子战部队将是敌人火力最集中的地方。昨天,在同一亿千米远的儿子那来回延时达五分钟的通话中,元帅曾告诉他卡琳娜很好,但在早上的战斗中,她就险些没回来。

米沙和卡琳娜是在一次演习中认识的。那天元帅和儿子一起吃晚饭,同往常一样他们默默地吃着,米沙早逝的母亲在远处的镜框中默默地看着他们。米沙突然说:"爸爸,我想起明天就是您的五十一岁生日了,我应该送您一件生日礼物。我是看见那架天文望远镜才想起来的,那件礼物真好。"

"送我几天时间吧。"

儿子抬头静静地看着父亲。

"你有你的事业,我很高兴。但做父亲的想让儿子了解自己的事业,这总不算过分吧!明天你和我一起去看军事演习怎么样?"

米沙笑着点点头,他很少笑的。

这是本世纪国内规模最大的一场演习。演习开始的前夜,米沙对公路上那滚滚而过的钢铁洪流没什么兴趣,一下直升机,他就钻进野战帐篷,用透明胶带替父亲粘贴刚发下来的作战地图。在第二天演习的整个过程中,米沙也没表现出丝毫的兴趣,这早在列夫森科元帅的预料之中,但有一件事使他感到莫大的安慰。

上午进行的演习项目是一个装甲师进攻一个高地,米沙同一群地方官员一起坐在观摩台的北侧。这次观摩台的位置虽在安全距离上,但应那些猎奇的地方官员的要求,比过去大大靠前了。图22轰炸机群掠过高地上空,重磅航空炸弹雨点般地落下,使那座山头变成一个喷发的火山口。这时,那群地方官员才明白真实战场同电影里的区别,在那地动山摇的巨响中,他们全都用双臂抱住脑袋伏在桌子上,有几位女士甚至尖叫着往桌子下钻。但元帅看到,那里只有米沙一个人仍直直坐着,仍是那副冷漠的表情,静静地无动于衷地看着那座可怕的火山,任爆炸的火光在他的墨镜中狂闪。这时,一股暖流冲击着列夫森科元帅的心田,儿子,你的身上到底流着军人的血啊!

这天晚上,父子俩在白天的演习现场散步,远处,各种装甲车辆的前灯如繁星撒满山谷和平原,空气中还残留着淡淡的硝烟味。

"这场演习要花多少钱?"米沙问。

"直接费用大约三亿卢布。"

米沙叹了口气:"我们的课题组,想搞第三代恒星演化模型,申请了三十五万经费都批不下来。"

列夫森科元帅把他早就想对儿子说的话说了出来:"我们两个的世界相差太远了,你的恒星,最近的也有四光年吧,它同地球上的军队与战争真是毫不相干。我对你的事业知之不多,但很为之感到骄傲;作为军人,我们也是最想让儿子了解自己事业的人,哪一个父亲不把对儿子讲述自己的戎马生涯当作最大的幸福?而你对我的事业却总抱着一种冷漠的态度。事实上,我的事业是你的事业的基础和保障,一个国家,如果没有足够数量和质量的武装力量保证它的和平的话,像你从事的这种纯基础研究根本不可能进行。"

"爸爸,您把事情说反了。如果人们都像我们这样,用全部的生命去探索宇宙的话,他们就能领略到宇宙的美,它的宏大和深远后面的美,而一个对宇宙和自然的内在美有深刻感觉的人,是不会去进行战争的。"

"你这种想法真是幼稚到家了,如果战争是因为人们缺乏美感造成的,那和平可太容易了!"

"您以为让人类感受这种美就那么容易吗?"米沙指指夜空中灿烂的星海,"您看这些恒星,人们都知道它是美的,但有多少人能够真正体会到这种美的最深层呢?这无数的天体,它们从星云到黑洞的演化是那么壮丽,它们喷发的能量是那么巨大狂暴,但您知道吗?只用数量不多的几个优美的方程式就能精确地描述这一切,用这些方程式建造的数学模型能极其精确地预言恒星的一切行为。甚至我们对自己星球上大气层的数学模型,精确度都要比它低几个数量级。"

列夫森科元帅点点头,"这是可能的,据说人类对月球的了解比对地球海底的了解还要多。但对你所说的宇宙和自然深层次美的感受还是制止不了战争,没有人比爱因斯坦更能感受这种美了,原子弹不还是在他的建议下造出来的吗?"

"爱因斯坦在他的后期研究中没什么建树,很大程度上是由于他过多地介入了政治。我不会走他的老路的。但,爸爸,到了需要的时候,我也会尽自己的责任的。"

米沙在演习区域待了五天,元帅不知儿子是什么时候认识卡琳娜的,第一次看到他们在一起的时候,他们已经谈得很融洽了,他们谈恒星,而卡琳娜对此知道得很多。看着还是一个天真烂漫的女孩儿的卡琳娜,因为她的博士学位,早早就扛上了一颗校星,他的心里就多少有些别扭,不过除此之外,他对卡琳娜的印象还是很好的。第二次见到米沙和卡琳娜在一起时,列夫森科元帅看到他们已有了一些亲密感,他们谈话的内容让他很意外:他们在谈电子战。当时他们俩在距元帅的吉普车不远的一辆坦克边,由于谈话内容,他们并没有避开别人的意思。

元帅听到米沙说:"你们现在只关注一些纯软件的、高层次的东西,比如C3I、病毒攻击、数字战场等等,可你想过没有,你们可能握着一把木头做的剑。"看着卡琳娜惊奇的目光,米沙继续说:"你想过这些东西的基础吗,也就是位于网络七层协议最下面的物理层?对于民用网络,可以使用像光纤和定向激光这样一些东西作为通信媒介;但对用于战场的C3I系统,它的各个终端是快速移动和位置是不定的,只能主要依赖电磁波来进行信息联结,而电磁波这东西,你知道,在干扰下就像薄冰一样脆弱……"

元帅真的吃惊不小,他从未与儿子交流过这些,米沙更不可能偷看他的机密文件,但他却把自己在电子战上多年来形成的思想简明准确地表达出来!米沙的这番话对卡琳娜的影响更大,居然使她偏离了自己的研究方向,研制出了一种代号"洪水"的电磁干扰装置。"洪水"的大小可以装入一辆装甲车,它能同时发出 3KHz 到 30GHz 的强烈的电磁干扰波,覆盖了除毫米波之外的所有电磁通信波段。这种武器在西伯利亚某基地进行的第一次试验就为军队惹来了一屁股官司:"洪水"使附近那座城市的电磁波通信全部中断,手机不通了,传呼机不响了,电视机和收音机都收不到信号,对银行和股市的影响更是灾难性的,地方上把造成的损失说成了天文数字。"洪水"的灵感来自一种电磁炸弹,这种武器是通过高爆炸药在一次性线圈中产生强烈的电磁脉冲。所以"洪水"工作起来如同火箭发动机一样,产生的音响震破了附近的窗玻璃,这就决定了它只能遥控操作,而距它二三千米处的操作人员还得穿上防微波辐射的防护服。"洪水"在总装备部和总参的电子战指挥机构引起了很大的争论,很多人认为它没什么实战价值,在有限战场上使用它,就如同在巷战中使用核武器,对敌我的杀伤力都一样大。但在元帅的坚持下,"洪水"还是批量生产了二百多台。现在,在统帅部新的电子战战略中,它将担当主要角色。

儿子爱上了一个军中的姑娘,元帅深感意外,他的结论是米沙对卡琳娜的感情同她的职业无关。后来米沙带卡琳娜到家里来过几次,第一次卡琳娜穿着一件亮丽的连衣裙,走时元帅听到米沙对卡琳娜说:"下次穿军装来。"这事使元帅否定了自己先前的结论,他现在知道,米沙爱上卡琳娜,与她是一名少校军官并非一点关系也没有。他又感到了演习第一天上午的那种感受,卡琳娜肩上的那颗校星他现在也觉得无比美丽了。

1月6日,莫斯科战区

强烈的电磁波在战区上空很快聚集,最后形成了巨大的电磁台风。战后人们回忆,当时在远离前线的山村里,人们也看到动物和鸟儿骚动不安;在灯火管制的城市中,人们能看到电视天线上感应出的微小火花……

从东线调往西线的第12集团军的一个装甲团正在急速行军,团长站在停在路边的吉普车边,满意地看着漫天雪尘中急速行进的部队。敌人的空袭远没有预料的强度,所以部队可以在白天赶路了。这时,三枚战斧导弹低低地从他们头顶掠过,冲压发动机低沉的嗡嗡声清晰可闻。不一会儿,远处响起了三声爆炸。团长身边的通信员拿着只有沙沙声的耳机无事可做,转头看看爆炸的方向,然后惊叫起来,让他看,他让通信员不要大惊小怪,但旁边的一位少校营长也让他看,他就看了,然后困惑地摇了摇头。战斧不是每枚都能命中目标,但像这样三枚各自相距上千米落到空无一物的田野上,真是少见。

两架苏27孤独地飞行在战区5 000米上空。他们本来属于一支歼击机中队,但这个中队刚刚在海上同一支北约的F22中队发生了一场遭遇战,在空中混战中,他们和中队失散了。在以前,重新会合是轻而易举的事,但现在,无线电联络不通了,原来对于高速歼击机很狭小的空域现在感觉变得如宇宙一样广阔,要想会合如同大海捞针。这对长僚机只能紧贴着飞行,距离之近像在飞特技,只有这样,他们才能听到对方的无线电呼叫。

"左上方发现可疑目标,方位220,仰角30!"僚机报告,长机飞行员沿那个方位看去,冬日雪后的晴空一碧如洗,能见度极好,两架飞机向斜上方靠近目标观察。那个目标与他们同一方向飞行,但速度慢了许多,所以他们很快追上了它。

当他们看清目标的形状后,真觉得白天见了鬼。那是一架北约的E-4A预警飞机,这是歼击机最不可能遇到的敌方飞机,就像一个人不可能看到自己的后脑勺一样。E-4A预警飞机上的雷达监视面积可达100万平方千米,环视一圈只需5秒钟,它能发现远离防区2 000千米处的目标,可以提供40分钟以上的预警时间。能发现1 000—2 000千米范围里的800—1 000个电磁信号,它的每次扫描可询问和识别2 000个海陆空各类目标。预警机从不需护航,它强有力的千里眼可使自己远远地避开歼击机的威胁。所以长机飞行员理所当然地认为这可能是一个圈套。他和僚机向四周的空域仔细搜索了一遍,明净寒冷的空中看不到任何东西,长机决定冒一次险。

"雷球雷球,我将发起攻击,你向317方位警戒,但注意不要超出目视距离!"

看着僚机向着他认为最可能有埋伏的方位飞去后,他打开加力,猛拉操纵杆,苏27拖着加速的黑烟,如一条仰起的眼镜蛇向斜上方的预警机扑去。这时E-4A也发现了向它逼近的威胁,它急忙向东南方向做逃脱的机动飞行,干扰热寻的导弹的镁热弹不断地从机尾蹦出,那一串小小的光球仿佛是它那被吓出壳的灵魂。一架预警飞机在歼击机面前就如同一辆自行车在摩托车面前一样,是无法逃脱的。这时长机飞行员才感到他刚才给僚机的命令是多么自私。他在E-4A的后上方远远跟着它,欣赏着到手的猎物。E-4A背上蓝白相间的雷达天线罩线条优美,像一件可人的圣诞玩具;它那粗大的白色机身，如同摆在盘子里的一只肥美的炖鸭，令他垂涎欲滴，又不忍下刀叉。但直觉使他不敢拖延，他首先用20毫米机炮做了一个点射，击碎了雷达天线罩，他看到，西屋公司制造的AN/PY-3型雷达的天线的碎片飞散在空中，如圣诞节银色的纸花；他接着用机炮切断了E-4A的一个机翼，最后，射速达每分钟6 000发的双管机炮射出的死亡之鞭，将已经翻滚下坠的E-4A拦腰切过，把它击成两截。苏27沿着一条下降的盘旋线跟着两块坠落的机体，飞行员看到，人员和设备不停地从机舱中掉出来，就像从盒中掉出的糖果一样，有几朵伞花在空中绽开。他想起了在刚过去的空战中，一个战友被击时时的情景：一架F22三次从战友的降落伞上方掠过，把伞冲翻了，他看着战友像一块石头一样渐渐消失在大地的白色背景中。他克制了这样做的冲动，同僚机会合后，双机编队以最快的速度脱离这个空域。

他们仍觉得这可能是个圈套。

走散的飞机并不止那两架。在战线的上空，一架隶属于美国陆军骑一师的"科曼奇"在漫无目的地飞着，驾驶员沃克中尉却倍感兴奋。他刚从"阿帕奇"转飞"科曼奇"不久，对这种上世纪末才大量装配陆军的武装攻击直升机不太适应，他不适应"科曼奇"的没有脚踏的操纵系统，并觉得它的双目头盔瞄准镜还不如"阿帕奇"的单目镜让人感到舒服，但他最不适应的还是坐在前面的攻击指挥员哈尼上尉。他们第一次见面时，哈尼说："中尉，你要清楚自己的位置，我是这架直升机的大脑，你只是它电子和机械部件的一部分，你要尽一个部件的责任！"而沃克最讨厌作为一个部件而存在。记得一位年近百岁的参加过二战的前海军飞行员参观他们的基地，他看了看"科曼奇"的座舱，摇摇头，"唉，孩子们，我当年那架野马式，座舱里的仪表还不如现在的微波炉上多,我最好的仪表是它!"他拍了拍沃克的屁股,"我们两代飞行员的区别,就是空中骑士和电脑操作员的区别。"沃克想当空中骑士,现在机会来了。在俄罗斯人那近乎变态的疯狂干扰下,这架直升机上的什么"作战任务设备一体化"系统、什么"目标探测系统"、什么"辅助目标探查分类系统"、什么"真实视觉场面发生器",还有"资料突发系统"等等,全他妈的休克了!只剩下那两台1 200马力的T800型引擎还在忠实地转动着。哈尼平时就是全凭那些电子玩意儿活着的,现在他那张喋喋不休的臭嘴也随着这些东西沉默下来。这时,他听到了内部送话系统传来的哈尼的话音:

"注意,发现目标,好像在左前方,好像在那个小山包旁边,有一支装甲部队,好像是敌人的,你……看着办吧。"

沃克差点笑出声来,哈,这小子,听他以前是怎么指挥的:"发现目标,方位133,90式坦克17辆,89式运兵车21辆,向391方位以平均速度43.5千米运动,平均间隔31.4米,按AJ041号优化攻击方案,从179方位以37度倾角进入……"现在呢:"好像"有装甲部队,"好像"在"山包那边"。这他妈用你说?我早看见了!还让我看着办。你是废物了,哈尼,现在是我的天下,我要用屁股当仪表做一个骑士了!这架"科曼奇"在我的手中将不辜负它那英勇的印第安部落的名字。

"科曼奇"向着那显而易见的目标冲去,把机上的62枚27.5英寸的蜂巢火箭全部发射出去,沃克陶醉地看着他那群拖着火尾的"小蜜蜂"欢快地向目标飞去,把敌人的车队淹没于一片火海之中。但当他迂回飞行观察战果时却发现事情不对,地面上敌人的士兵没有隐蔽,而是全都站在雪地上冲他指点着,像是在破口大骂;沃克飞近一些,清楚地看到了一辆被击毁的装甲车上的那个标志,那是个

三环同心圆,中间是蓝色,然后是一个白圈儿和一个红圈儿。沃克眼前一黑,感到世界变成了地狱,他也破口大骂起来:

"你个狗娘养的白痴,你瞎眼了?!"

但他还是聪明地远远飞开,以防那些暴怒的法国佬还击。"你个狗娘养的,你现在大概在想到军事法庭上怎样把责任推给我,你推不掉的,你是负责目标甄别的,你要明白这一点!"

"也许……我们还有机会补救,"哈尼怯生生地说,"我又发现了一支部队,就在对面……"

"去你妈的吧!"沃克没好气地说。

"这次没错,他们正在同法国人交火!"

这下沃克又来了精神,他驾机向新目标冲去,看到对方主要是步兵,装甲力量不多,这倒证实了哈尼的判断。沃克把仅剩的四枚"地狱火"导弹发射出去,然后把加特林双管机枪的射速调到每分钟1 500发并开始射击,他舒服地感觉到机枪通过机体传来的微微振动,看到地面敌人的散兵线被撒上了一层白色的"胡椒面"。但一名老练的武装直升机驾驶员的直觉告诉他有危险,他扭头一看,只见一枚肩射导弹刚刚从左下方一名站在吉普车上的士兵肩上发射出来。沃克手忙脚乱地发射了诱饵镁热弹,又向后方做摆脱飞行,但晚了些,那枚导弹拖着蛛丝般的白烟击中了"科曼奇"的机头下方。沃克从爆炸带来的短暂的昏眩中醒来时,发现直升机已坠落到雪地上。沃克拼命爬出全是白烟的机舱,在雪地上抱住一棵刚被螺旋桨齐腰砍断的树,回头看见前舱中被炸成肉浆的哈尼上尉。他又看到前方一群端着冲锋枪的士兵正在向他跑来,他们那斯拉夫人的面孔清晰可见。沃克颤抖着掏出手枪放到面前的雪地上,然后掏出俄语会话本读了起来:

"吾已方下无起,吾是战扶,日内瓦……"("我已放下武器,我是战俘……")

他后脑挨了一枪托,肚子上又挨了一脚,当他翻倒在雪地上时却大笑起来,他可能被揍个半死,但不会全死,他看到了那些士兵衣领上波兰军队的鹰形领章标志。

1月7日,明斯克,北约军队作战指挥中心

"把那个该死的军医叫来!"托尼·帕克上将烦躁地喊道。当那名细长的上校军医跑到他面前时,他恼怒地说:"怎么搞的?你折腾了两次,我的假牙还在嗡嗡响!"

"将军,这是我见过的最奇怪的事,也许是您的神经系统有问题,要不我给您打一针局部麻醉?"

这时,一位少校参谋走过来说:"将军,请把假牙给我,我有办法的。"帕克于是取下假牙,放到了少校递过来的纸巾上。

关于将军掉的两颗门牙,媒体的普遍说法是在波斯湾战争中他所在的坦克被击中时造成的,只有将军自己知道这不是真的。那次是断了下颚,牙则是更早些时候掉的。那是在克拉克空军基地,当时的世界好像除了火山灰外什么都没有:天是灰的,地是灰的,空气也是灰的,就连他和基地最后一批人员将要登上的那架"大力神",机顶上也落了厚厚白白的一层。火山岩浆的暗红色火光在这灰色的深处时隐时现。那个菲律宾女职员还是找来了,说基地没了,她失业了,房子也压在火山灰下,让她和肚子里的孩子怎么活?她拉着他求他一定带她到美国去,他告诉她这不可能,于是她脱下高跟鞋朝他脸上打,打掉了他的两颗门牙。看着灰色的海水,帕克默念:我的孩子,现在你在哪儿?你是和母亲在马尼拉的贫民窟中度日吗?你的父亲现在在某种程度上是为你而战,战后当俄罗斯的民主

政府上台后，北约的前锋将抵达中国边境，苏比克和克拉克将重新成为美国在太平洋上的海空军基地，那里将比上个世纪更繁荣，你会在那儿找到工作的！如果你是个女孩，说不定像你妈妈（她叫什么来着，哦，阿莲娜）一样能认识个美国军官……

那位修牙的少校回来了，打断了将军的胡思乱想，将军拿过了那个纸巾上的假牙，装上感觉了几秒后惊奇地看着少校："嗯？你是怎么做到的？"

"将军，您的假牙响是因为它对电磁波产生了共振。"

将军盯着少校，分明不相信他的话。

"将军，真是这样！也许您以前也曾暴露在强烈的电磁波下，比如在雷达的照射范围里，但那些电磁波的频率同您的假牙的固有频率不吻合。而现在，空中所有频带的电磁波都很强烈，于是产生了这种情况。我把假牙进行了一些加工，使它的共振频率提高了许多，它现在仍然共振，但您感觉不到了。"

少校离开后，帕克将军的目光落到了电子作战图旁的一个座钟上，钟座是骑着大象的汉尼拔塑像，上面刻着"战必胜"三个字，原来它摆放在白宫的蓝厅，当时总统发现他的目光总落在那玩意上，就亲自拿起了那个在那儿放了一百多年的钟赠给了他。

"上帝保佑美国，将军，现在您就是上帝！"

帕克沉思了很久，缓缓地说："命令全线停止进攻，用全部空中力量搜寻并摧毁俄罗斯人的干扰源。"

1月8日，俄罗斯军队总参谋部

"敌人停止进攻了，你好像并不感到高兴。"列夫森科元帅对刚从前线归来的西部集群司令说。

"是高兴不起来,北约的全部空中力量已集中打击我们的干扰部队,这种打击确实是很奏效的。"

"这在我们的预料之中。"列夫森科元帅平静地说,"我们的战术在开始会使敌人手足无措,但他们总会想出对付的办法的。用于阻塞式干扰的干扰机,由于其强烈的全频道发射,很容易被探测和摧毁。好在我们已争取了相当的时间,现在全部希望都寄托在两个集群的快速集结上了。"

"情况可能比预想的严峻,"西部集群司令说,"在我们失去电子战优势之前,可能没有给高加索集群进入出击位置留下足够的时间。"

西部集群司令走后,列夫森科元帅看着电子沙盘上的前线地形,想起了正处于敌人密集火力下的卡琳娜,由此又想起了米沙。那天,米沙回到家里,脸上青一块紫一块的。这之前他已听到传言,说他儿子是那所大学中唯一的一名反战分子,结果被学生们打了。

"我只是说不要轻言战争,我们真的不能同西方达成一种理智的和平吗?"米沙对父亲解释说。

元帅用他从未有过的严厉对儿子说:"你知道自己的位置,你可以不说话,但以后绝不许出现类似的言行。"

米沙点点头。

晚上一进家门,元帅就告诉米沙:"俄共上台了。"

米沙看了父亲一眼,淡淡地说:"吃饭吧。"

再往后,西方宣布俄罗斯新政府为非法,杜波列夫组织极右联盟并发动内战,列夫森科元帅都不需要告诉米沙了,父子俩每天晚上都像往常一样默默地吃饭。直到有一天,米沙接到航天基地的通知,打起行装走了。两天后,他乘航天飞机登上了在近地轨道运行的"万年风雪号"。

又过了一周,战争全面爆发了,这是一场由空前强大的敌人从预料不到的方向发起的旨在彻底肢解俄罗斯的世界大战。

1月9日,近日轨道,"万年风雪号"掠过水星

由于"万年风雪号"的速度很快,它不可能成为水星的卫星,只能从这颗行星面对太阳的那一面高速掠过。这是人类第一次用肉眼直接对水星表面进行近距离观察。米沙看到,水星表面高达两千米的峭壁,蜿蜒数百千米,穿过布满巨大坑穴的平原。他还看到了被行星地质学家们称作"不可思议的地形"的名叫"卡托里萨"的盆地,它的直径有1300千米。它的不可思议之处在于,在水星的另一面,有一个面积相仿的盆地正对着它,人们猜测,这是一颗巨大的彗星撞击了水星,强烈的震波穿过了整个星体,在两个半球同时形成了极其相似的两个盆地。米沙还发现了许多新的令人激动的东西,他发现水星表面有许多明亮的光斑,当他在屏幕上把那些光斑放大后,激动得屏住了呼吸——

那是水星上的水银湖泊,它们每个的面积平均达上千平方千米。

米沙想象着在水星那漫长的白天,在那1800℃的酷热下,站在水银湖岸边的情形。即使在狂风中,水银湖也会很平静,而水星没有大气,没有风,湖的表面如广阔的镜子平原,太阳和银河毫不失真地投射在上面。

"万年风雪号"掠过水星后,将继续靠近太阳,一直航行到它那由核聚变制冷装置支持的绝热层所能忍受的极限距离。太阳的高温将是它最好的掩护,北约的任何太空航行器都不可能飞进这个酷热的地狱。

看看这广阔的宇宙,再想想那一亿千米之外的母亲星球上的战争,米沙再次哀叹人类目光的狭隘。

1月10日,斯摩棱斯克前线

看着敌人渐渐靠近的散兵线,卡琳娜明白了为什么当周围的干扰点相继被摧毁后,只有她这里幸存下来:敌人想夺取一台完整的"洪水"。

这支由三架"科曼奇"和四架"黑鹰"组成的直升机群轻而易举地发现了这台"洪水"的位置。由于"洪水"巨大的电磁发射,对它的遥控只能通过光缆,这又使敌人顺着光缆的走向发现了卡琳娜所在的距那台"洪水"3 000米的遥控站,这是一间被废弃的孤立的小库房。

那四架运载着四十多名敌人步兵的"黑鹰"就在距库房不到二百米处降落了。当时遥控站中除卡琳娜之外还有一名上尉和一名上士。上士听到引擎声响刚拉开库房的门,就被直升机上的狙击手射出的一颗子弹掀开了头盖骨。敌人随后的火力很谨慎也很节制,显然怕伤了库房里他们想得到的设备,于是卡琳娜和那名上尉得以多坚守了一段时间。

现在,在卡琳娜的左前方,上尉的冲锋枪声沉默了,这枪声是她这时唯一的安慰。她看到在那个作为掩体的树桩后面,上尉的身体一动不动,一圈殷红的鲜血正在他周围的雪地上扩散。卡琳娜现在在库房前由几个沙袋堆成的简易掩体后面,她的脚下散落着八个冲锋枪弹夹,滚烫的枪管在沙袋上面的积雪中发出嘶嘶的声音。每当卡琳娜射击时,对面的敌人就卧倒,子弹在他们前面溅起一团团雪花,而半圆形包围圈另一个方向的敌人则跃起快步推进一段距离。

现在,卡琳娜只剩下三个弹夹了,她开始打单发,这没有经验的举动等于告诉敌人她子弹不多了,使他们更快更大胆地推进。当卡琳娜再次换弹夹时,她听到沙袋顶上厚厚的积雪吱地响了一声,有什么东西从中飞快地钻了过来,她感到右肋被什么猛推了一下,没有疼痛,只有一阵很快扩散的麻木感,她感到温热的血顺着右侧身体流下去。她坚持着,几乎是漫无目标地打完了这个弹夹。当她伸手拿起沙袋顶上最后一个弹夹时,一颗子弹打断了她的前臂,弹夹掉到雪地上,只剩下一条皮肤相连的手臂来回摆动。卡琳娜站起身,回头向库房门走去,她身后的雪地上留下了一条细细的血迹。当她拉开门时,又一颗子弹穿透了她的左肩。

这支由瑞特·唐纳森上尉率领的美国海军陆战队"海豹"突击队的小分队谨慎地靠近库房。当唐纳森和两名陆战队员越过那名俄罗斯中士的尸体,踹开门冲进帐篷时,发现里面只有一名年轻女军官。她坐在他们的目标——"洪水"遥控仪旁边,一只被打断的手臂无力地垂在控制台上,对着显示屏上映出的影子,她用另一只手整理着自己的头发,不断滴下的鲜血在她的脚下积成了小小的血注。她对着冲进来的美国人和那一排枪口笑了一下,算是打了招呼。唐纳森长出了一口气,但这口出来的气再也没有吸回去:他看到她整理头发的手从控制仪上拿起了一个墨绿色长圆形的东西,把它悬在半空中。唐纳森立刻认出了那是一枚气体炸弹,由于是装备武装直升机的,体积很小。那东西由激光近炸引信引爆,在距地面半米处发生两次爆炸,第一次扩散气体炸药,第二次引爆炸药雾,他现在就是一支箭也飞不出它的威力圈。

他朝她伸出一只手向下压着,"镇静,少校,镇静下来,不要激动,"他朝周围示意了一下,陆战队员们的枪口垂了下来,"您听我说,事情没您想得那么严重,您将得到最好的医疗,您将被送到德国最好的医院，然后，会作为第一批交换的战俘……"少校又对他笑了一下，这使他多少受到了一些鼓励，"您完全没必要采用这么野蛮的方式，这是一场文明的战争，它本来是会很顺利的，这一点在二十天前越过波俄边境时我就感觉到了。当时你们的大部分火力都被摧毁，只有零星的机枪声恰到好处地点缀着我们这场光荣而浪漫的远征，您看，一切都会很顺利的，没必要……"

"我还知道另一次更美妙的开始，"少校用纯正的英语说，她轻柔的声音如来自天堂，能让火焰熄灭，钢铁变软，"美丽的沙滩，有棕榈树，树上挂着欢迎的横幅；到处是漂亮的姑娘，留着齐腰的长发，穿着沙沙作响的丝裤，在年轻的士兵群中移动，用红色和粉红色的花环装点着他们，并羞怯地对着目瞪口呆的士兵们微笑……上尉，您知道这次登陆吗？"

唐纳森困惑地摇摇头。

"这就是1965年3月8日上午9点，在岘港，美国首批海军陆战队登上越南土地的情景，也是越战的开端。"

唐纳森觉得自己一下子掉进了冰窟窿，刚才的镇静瞬间消失了，他的呼吸急促起来，声音开始颤抖，"不，别这样少校，您这样对待我们是不公平的！我们没有杀过多少人，杀人的是他们，"他指着窗外半空中悬停着的直升机说，"是那些飞行员们，还有那些在很远的航空母舰上操作电脑指引巡航导弹的先生们，但他们也都是些体面的先生，他们所面对的目标都是屏幕上漂亮的彩色标记，他们按一下按钮或动一下鼠标，耐心地等一会儿，那些标志就消失了，他们都是文明的先生，他们没有恶意，真的没有恶意……您在听我说吗？"

少校笑着点点头，谁说死神是丑恶恐怖的，死神真美。

"我有一个女朋友，她在马里兰大学读博士，她像您一样美丽，真的,她还参加反战游行……"我真该听她的,唐纳森想,"您在听我说吗?您也说点什么吧,求求您说点什么……"

美丽的少校最后对敌人微笑了一次:"上尉,我尽责任。"

赶来增援的俄军104摩步师的一支部队这时距那个"洪水"遥控站还有半千米距离,他们首先听到了一声沉闷的爆炸,并远远看到那间孤立在宽阔田野中的小库房隐没于一团白雾之中;紧接着是一声比刚才响百倍的巨响,地动山摇,一团巨大的火球在库房的位置出现,火焰裹在黑色的浓烟中高高升起,化作一团高耸的蘑菇云,如绽放在天地之间的一朵绝美的生命之花。

1月11日,俄罗斯军队总参谋部

"我知道你想要什么东西,别废话,要吧!"列夫森科元帅对高加索集群司令说。

"我想让前两天的战场电磁条件再持续四天。"

"你清楚,我们的战场干扰部队现在有百分之七十已被摧毁,我现在连四个小时都无法给你了!"

"那我的集群无法按时到达出击位置,北约的空中打击大大迟滞了部队的集结速度。"

"要是那样的话,您就把一颗子弹打进自己脑袋里去吧。现在敌人已逼近莫斯科,已到了七十年前古德里安到过的位置。"

在走出地下作战室的途中,高加索集群司令在心里默念:莫斯科,坚持啊!

1月12日,莫斯科防线

塔曼摩步师师长费列托夫大校清楚,他们的阵地最多只能再承受一次进攻了。

敌人的空中打击和远程打击渐渐猛烈起来,而俄军的空中掩护却越来越少了。这个师的装甲力量和武装直升机都所剩无几,这最后的坚守几乎全靠血肉之躯了。

师长拖着被弹片削断的腿,拄着一支步枪走出掩蔽部。他看到战壕挖得不深,这也难怪,现在阵地上大部分都是伤员了。但他惊奇地发现,战壕的前面构起了一道整齐的约半米高的胸墙。师长很奇怪这胸墙是用什么材料这么快筑起,他看到被雪覆盖的胸墙上伸出几条树枝一样的东西,走近一看,那是一只只惨白僵硬的手臂……他勃然大怒,一把抓住一位上校团长的衣领。

"混蛋!谁让你们用士兵的尸体筑掩体的?!"

"是我命令这样干的。"参谋长的声音从师长身后平静地响起,"昨天晚上进入新阵地太快,这里又是一片农田,实在没有什么别的材料了。"

他们沉默相视着,参谋长从额头绷带上流出的血在脸上一道道地冻结了。这样过了一会儿,他们两人沿战壕慢慢地走去,沿着这堵用青春和生命筑成的胸墙走去。师长的左手拄着做拐杖的步枪,右手扶正了钢盔,向着胸墙行军礼,他们在最后一次检阅自己的部队……他们路过了一个被炸断双腿的小士兵,从断腿中流出的血把下面的雪和土混成了红黑色的泥,这泥的表面现在又冻住了。他正躺着把一颗反坦克手雷往自己怀里放,抬起没有血色的脸,他朝师长笑了笑:"我要把这玩意儿塞进'艾布拉姆斯'的履带里。"

寒风卷起道道雪雾,发出凄厉的啸声,仿佛在奏着一首上古时代的战歌。

"如果我比你先阵亡,请你也把我砌进这道墙里,这确实是一个好归宿。"师长说。

"我们两个不会相差太长时间的。"参谋长用他那特有的平静语气说。

1月12日,俄罗斯军队总参谋部

一个参谋来告诉列夫森科元帅,航天部部长急着要见他,事情很紧急,是有关米沙和电子战的事。

听到儿子的名字,列夫森科元帅心里一震。他已知道了卡琳娜阵亡的消息,同时他也无法想象一亿千米之外的米沙同电子战有什么关系,他甚至想象不出米沙现在和地球有什么关系。

部长一行人走了进来,他没有多说话,把一张3寸光盘递给了列夫森科元帅,"将军,这是我们一小时前收到的米沙从'万年风雪号'上发回的信息,后来他又补充说,这不是私人信息,希望您能当着所有有关人员的面播放它。"

作战室中的所有人听着来自一亿千米以外的声音:"我从收到的战争新闻中得知,如果电磁干扰不能再持续三到四天的话,我们可能输掉这场战争。如果这是真的,爸爸,我能给您这段时间。

"以前,您总认为我所研究的恒星与现实相距太远,我自己也是这么认为,现在看来我们都错了。我记得对您提起过,恒星产生的能量虽然巨大,但它本身却是一个相对单纯和简单的系统。比如我们的太阳,组成它的只是两种最简单的元素:氢和氦;它的运行也只是由核聚变和引力平衡两种机制构成,这样,同我们的地球相比,它的运行状态在数学模型上就比较容易把握了。现在,对太阳的研究已经建立了十分精确的太阳数学模型,这中间也有我做的工作。通过这个数学模型,我们可以对太阳的行为做出十分精确的预测。这就使我们可以利用一个微小的扰动,在短时间内局部打破太阳运行的某种平衡。方法很简单:用'万年风雪号'精确撞击太阳表面的某点。

"也许您认为,这不过是把一块小石头投入海洋,但事实不是这样,爸爸,这是一粒沙子掉进了眼睛!

"从数学模型中我们得知,太阳是一个极其精细和敏感的能量平衡系统,如果计算得当,一个微小的扰动就能在太阳表面和相当的深度产生连锁反应,这种反应扩散开来,使其局部平衡被打破。历史上有过这样的先例:最近的记载是在 1972 年 8 月初,在太阳表面一个很小的区域发生了一次剧烈的爆发,这次爆发引起了对地球产生巨大影响的一次电磁爆,飞机和轮船上的罗盘指针胡乱跳动,远距离无线电通信中断,在北极地区,夜空中闪动着眩目的红光,在乡村,电灯时亮时灭,如同处于雷暴的中心,这种效应在当时持续了一个多星期。现在比较可信的一种解释是:当时一颗比'万年风雪号'还小的天体撞击了太阳表面。这样的太阳表面平衡扰动在历史上一定多次发生,但它大部分发生在人类发明无线电接收装置以前,所以没被察觉。这些对太阳表面的撞击都是随机的、偶然的,因而它们所能产生的平衡扰动在强度和范围上都是有限的。

"但'万年风雪号'对太阳的撞击点是经过精确计算的,它所产生的扰动比上面提到的自然产生的扰动要大几个数量级。这次扰动将使太阳向空间喷发出强烈的电磁辐射,这种辐射包括从极低频到最高频的所有频带的电磁波。同时,太阳射出的强烈的 X 射线将猛烈撞击对于短波通信十分重要的电离层,从而改变电离层的性质,使通信中断。在扰动发生时,地球表面除毫米波外的绝大部分无线电通信将中断。这种效应在晚上可能相对弱一些,但在白天甚至超过了你们前两天进行的电磁干扰。据计算,这次扰动大约可持续一周。

"爸爸,以前我们两个人一直生活在相距遥远的两个世界中,我们互相交流很少。但现在,我们这两个世界融为一体,我们在为一个共同的目标而战,我为此自豪。爸爸,像您的每一个士兵一样,我在等着您的命令。"

航天部部长说:"米哈伊尔博士所说的都是事实。去年,我们向太阳发射过一个探测器,它依据数学模型的计算对太阳表面进行了一次小型的撞击试验,证实了模型所预言的扰动。庄博士和他的研究小组还提出了一个设想:将来也许可以用这种方法适当改变地球的气候。"

列夫森科元帅走进了一个小隔间,拿起了一个直通总统的红色电话,过了不一会儿,他就从隔间走了出来。历史对这一时刻的记载是不同的,有人说他马上说出了那句话,也有人说他沉默了一分钟之久,但那句话是肯定的。

"告诉米沙,照他说的去做吧。"

1月12日,近日轨道,"万年风雪号"冲向太阳

"万年风雪号"的十台核聚变发动机全部打开,每台发动机的喷口都喷出了长达上百千米的等离子体射流,它在做最后的轨道和姿态修正。

在"万年风雪号"的正前方,有一道巨大的美丽的日珥,那是从太阳表面盘旋而上的灼热的氢气气流,它像一条长长的轻纱,飘浮

在太阳火的海洋上空，梦境般地变幻着形状和姿态，它的两端都连着日球表面，形成了一座巨大的拱门。"万年风雪号"从这高达四十万千米的凯旋门正中缓缓地、庄严地通过。前方又出现了几道日珥，它们只有一头同太阳相连，另一头伸进了太空深处。发动机闪着蓝光的"万年风雪号"，像穿行在几棵大火树中的一只小小的萤火虫。后来，那蓝光渐渐熄灭，发动机停止了，"万年风雪号"的轨道已精确设定，剩下的一切都将由万有引力定律来完成了。

当飞船进入了太阳的上层大气日冕时，上方太空黑色的背景变成了紫红色，这紫红色的辉光弥漫了这里的所有空间。在下方，可以清楚地看到太阳色球中的景象，在那里，成千上万的针状体在闪闪发光，那些东西在19世纪就被天文学家们观察到了，它们是从太阳表面射向高空的发光的气体射流，这些射流使得太阳大气看上去像一片燃烧的大草原，每棵草都有上千千米长。在这燃烧的大草原下面就是太阳的光球，那是无边无际的火的海洋。

从"万年风雪号"发回的最后的图像中，人们看到米沙从巨大的监视屏前起身，按钮打开了透明穹顶外面的防护罩，壮丽的火的大洋展现在他面前，他想亲眼看看他童年梦幻中的世界。火之海在抖动变形，那是半米厚的绝热玻璃在熔化，很快那上百米高的玻璃壁化作一片透明的液体滚落下来。像一个初见海洋的人陶醉地面对海风，米沙伸开双臂迎接那向他呼啸而来的6 000度的飓风。在摄像机和发射设备被烧熔之前发回的最后几秒钟图像中，可以看到米沙的身体燃烧起来，最后他的整个身体都变成了一根跳动的火炬，和太阳的火海融为一体……

接下来的景象只能猜想了："万年风雪号"的太阳能电池板和突出结构将首先熔化，这些熔化的部分由于其表面张力在飞船的表面形成一个个银色的小球。当"万年风雪号"越过了色球和日冕的交界处时，它的主体开始熔化，当它深入色球2 000千米后，整个色球完全熔化了。一个个分开的金属液珠合并成一个巨大的银色液球，它精确地沿着那已化为液体的计算机所设定的目标高速飞去。太阳大气的作用开始显示，液球的周围出现了一圈淡蓝色的火焰，这火焰向后拖了几百千米长，颜色向后由淡蓝渐变为黄色，在尾部变成美丽的橘红色。

最后，这美丽的火凤凰消失在浩渺的火海之中。

1月13日，地球

人类回到了马可尼之前的世界。

入夜，即使在赤道地区，夜空也充满了涌动的极光。

面对着一片雪花的电视屏幕，大多数人只能猜测和想象那块激战中的广阔土地上的情形。

1月13日，莫斯科前线

帕克将军推开了企图把他拉上直升机的82空降师的师长和几名前线指挥官，举起望远镜继续看着远方，那里，俄罗斯人的阵线滚滚而来。

"定标4 000米，9号弹药装填，缓发引信，放！"

从来自后方的射击声帕克知道，还有不到三十门105毫米的榴弹炮可以射击，这是他目前唯一可以用于防守的重武器了。

一小时前，这个阵地上唯一的一支装甲力量，德军的一个坦克营，以令人钦佩的勇气发起反冲锋，并取得了优秀的战果：在距此八千米处击毁了相当于他们坦克数目一倍半的俄罗斯坦克。但由于数量上的绝对劣势,他们在俄罗斯人的钢铁洪流面前如正午太阳下的露珠一样消失了。

"定标3 500米,放!"

炮弹飞行的嘶鸣声过后,在俄罗斯人的坦克阵前面掀起了一道由泥土和火焰构成的高墙。但就如同洪水面前的一道塌方一样,塌下的泥土暂时挡住了洪水,洪水最终还是漫了过来。爆炸激起的泥土落下后,俄罗斯人的装甲前锋又在浓烟中显现出来。帕克看到他们的编队十分密集,如同在接受检阅。如在前几天用这种队形进攻是自取灭亡,但在现在,在北约的空中和远程打击火力几乎全部瘫痪的情况下,这却是一种可以采用的队形,它可以最大限度地集中装甲攻击力量,以确保在战线一点上的突破。

防线配置的失误是在帕克将军预料之中的,因为在这样的战场电磁条件下,要想准确快速地判明敌人的主攻方向几乎是不可能的。对下一步的防守他心中一片茫然,在C3I系统全面瘫痪的情况下,快速调整防御布局是十分困难的。

"定标3 000米,放!"

"将军,您在找我?"法军司令若斯凯尔中将走了过来。他身边只跟着一名法军中校和一名直升机驾驶员。他没穿迷彩服,胸前的勋表和肩上的将星擦得亮亮的,但却戴着钢盔并提着一支步枪,显得不伦不类。

"听说在我们的左翼,幼鹿师正在撤出阵地。"

"是的,将军。"

"若斯凯尔将军,在我们的身后,70万北约部队正在撤退,他们的成功突围取决于我们的坚固防守!"

"是取决于你们的坚固防守。"

"我能得到更明白的说明吗?"

"您什么都明白！你们对我们隐瞒了真实战局,你们早就知道右翼联盟的军队要在东线单方面停火!"

"作为北约军队最高指挥官,我有权这样做。将军,我想您也明白,您和您的部队有接受指挥的职责。"

....

"定标 2 500 米,放!"

....

"我只遵守法兰西共和国总统的命令。"

"我不相信现在您能收到这样的命令。"

"几个月前就收到了,在爱丽舍宫的国庆招待会上,总统亲自向我说明了在这种情况下法国军队的行为准则。"

"你们这些戴高乐的杂种,这几十年来你们一直没变!"①帕克终于失去控制。

"话别说得这么难听,将军,如果您不走,我也一个人留下来,我们一起光荣地战死在这广阔的雪原上。拿破仑在这儿也失败过,我们不丢人。"若斯凯尔向帕克挥动着那支 FAMS 法军制式步枪说。

....

"定标 2 000 米,放!"

....

帕克慢慢地转过身来,面对着他面前的一群前线指挥官说:"请你们向坚守阵地的美军部队传达我下面的话:我们并非生来就是一支只靠电脑才能打仗的军队,我们是来自一支庄稼汉的军队。几十年前,在瓜达卡那尔岛,我们在热带丛林中一个地洞一个地洞地同

---

① 1966 年戴高乐将军使法国退出北约军事一体化组织,这对当时冷战中的北约是一严重打击。

日本人争夺；在溪山，我们用圆锹挡开北越士兵的手榴弹；更远一些的时候，在那个寒冷的冬夜，伟大的华盛顿领着那些没有鞋穿的士兵渡过冰封的特连顿河，创造了历史……"

"定标1 500米，放！"

"我命令，销毁文件和非战斗辎重……"

"定标1 200米，放！"

帕克将军戴上钢盔，穿上防弹衣，并把他那支9毫米手枪别在左腋下。这时榴弹炮的射击声沉默了，炮手正把手榴弹填进炮膛中，接着响起了一阵杂乱的爆炸声。

"全体士兵，"帕克将军看着已像死亡屏障一样在他们面前展开的俄罗斯坦克群，说，"上刺刀！"

战场的浓烟后面，太阳时隐时现，给血战中的雪野投下变幻的光影。

2000年4月5日于娘子关

诗　云

伊依一行三人乘一艘游艇在南太平洋上做吟诗航行,他们的目的地是南极,如果几天后能顺利地到达那里,他们将钻出地壳去看诗云。

今天,天空和海水都很清澈,对于作诗来说,世界显得太透明了。抬头望去,平时难得一见的美洲大陆清晰地出现在天空中,在东半球构成的覆盖世界的巨大穹顶上,大陆好像是墙皮脱落的区域……

哦,现在人类生活在地球里面,更准确地说,人类生活在气球里面,哦,地球已变成了气球。地球被掏空了,只剩下厚约一百千米的一层薄壳,但大陆和海洋还原封不动地存在着,只不过都跑到里面了,球壳的里面。大气层也还存在,也跑到球壳里面了,所以地球变成了气球,一个内壁贴着海洋和大陆的气球。空心地球仍在自转,但自转的意义与以前已大不相同:它产生重力,构成薄薄地壳的那点质量产生的引力是微不足道的,地球重力现在主要由自转的离心力来产生了。但这样的重力在世界各个区域是不均匀的:赤道上最强,约为 1.5 个原地球重力,随着纬度增高,重力也渐渐减小,两极地区的重力为零。现在吟诗游艇航行的纬度正好是原地球的标准重力,但很难令伊依找到已经消失的实心地球上旧世界的感觉。

空心地球的球心悬浮着一个小太阳,现在正以正午的阳光照耀着世界。这个太阳的光度在二十四小时内不停地变化,由最亮渐变至熄灭,给空心地球里面带来昼夜更替。在适当的夜里,它还会发出月亮的冷光,但只是从一点发出的,看不到圆月。

游艇上的三人中有两个其实不是人,他们中的一个是一头名叫大牙的恐龙,它高达十米的身躯一移动,游艇就跟着摇晃倾斜,这令站在船头的吟诗者很烦。吟诗者是一个干瘦老头儿,同样雪白的长发和胡须混在一起飘动,他身着唐朝的宽大古装,仙风道骨,仿佛是在海天之间挥洒写就的一个狂草字。

这就是新世界的创造者,伟大的——李白。

礼　物

事情是从十年前开始的,当时,吞食帝国刚刚完成了对太阳系长达两个世纪的掠夺,来自远古的恐龙驾驶着那个直径五万千米的环形世界飞离太阳,航向天鹅座方向。吞食帝国还带走了被恐龙掠去当作小家禽饲养的十二亿人类。但就在接近土星轨道时,环形世界突然开始减速,最后竟沿原轨道返回,重新驶向太阳系内层空间。

在吞食帝国开始它的返程后的一个大环星期,使者大牙乘着它那艘如古老锅炉般的飞船飞离大环,它的衣袋中装着一个叫伊依的人类。

"你是一件礼物!"大牙对伊依说,眼睛看着舷窗外黑暗的太空,它那粗放的嗓音震得衣袋中的伊依浑身发麻。

"送给谁?"伊依在衣袋中仰头大声问,他能从袋口看到恐龙的下颚,像是一大块悬崖顶上突出的岩石。

"送给神!神来到了太阳系,这就是帝国返回的原因。"

"是真的神吗?"

"它们掌握了不可思议的技术,已经纯能化,并且能在瞬间从银河系的一端跃迁到另一端,这不就是神了。如果我们能得到那些超级技术的百分之一,吞食帝国的前景就很光明了。我们正在完成一个伟大的使命,你要学会讨神喜欢!"

"为什么选中了我,我的肉质是很次的。"伊依说,他三十多岁,与吞食帝国精心饲养的那些肌肤白嫩的人类相比,他的外貌很有些沧桑感。

"神不吃虫虫,只是收集,我听饲养员说你很特别,你好像还有很多学生?"

"我是一名诗人,现在在饲养场的家禽人中教授人类的古典文学。"伊依很吃力地念出了"诗""文学"这类在吞食语中很生僻的词。

"无用又无聊的学问,你那里的饲养员默许你授课,是因为其中的一些内容在精神上有助于改善虫虫们的肉质……我观察过,你自视清高目空一切,对于一个被饲养的小家禽来说,这应该是很有趣的。"

"诗人都是这样!"伊依在衣袋中站直,虽然知道大牙看不见,还是骄傲地昂起头。

"你的先辈参加过地球保卫战吗?"

伊依摇摇头:"我在那个时代的先辈也是诗人。"

"一种最无用的虫虫,在当时的地球上也十分稀少了。"

"他生活在自己的内心世界里,对外部世界的变化并不在意。"

"没出息……呵,我们快到了。"

听到大牙的话,伊依把头从衣袋中伸出来,透过宽大的舷窗向外看,看到了飞船前方那两个发出白光的物体,那是悬浮在太空中的一个正方形平面和一个球体,当飞船移动到与平面齐平时,它在星空的背景上短暂地消失了一下,这说明它几乎没有厚度;那个完美的球体悬浮在平面正上方,两者都发出柔和的白光,表面均匀得看不出任何特征。这两个东西仿佛是从计算机图库中取出的两个元素,是这纷乱的宇宙中两个简明而抽象的概念。

"神呢?"伊依问。

"就是这两个几何体啊,神喜欢简洁。"

距离拉近,伊依发现平面有足球场大小,飞船在向平面上降落,它的发动机喷出的火流首先接触到平面,仿佛只是接触到一个幻影,没有在上面留下任何痕迹,但伊依感到了重力和飞船接触平面时的震动,说明它不是幻影。大牙显然以前来过这里,没有犹豫就拉开舱门走了出去,伊依看到他同时打开了气密过渡舱的两道舱门,心一下抽紧了,但他并没有听到舱内空气涌出时的呼啸声,当大牙走出舱门后,衣袋中的伊依嗅到了清新的空气,伸在外面的脸上感到了习习的凉风……这是人和恐龙都无法理解的超级技术,它温柔和漫不经心的展示震撼了伊依,与人类第一次见到吞食者时相比,这震撼更加深入灵魂。他抬头望望,以灿烂的银河为背景,球体悬浮在他们上方。

"使者,这次你又给我带来了什么小礼物?"神问,他说的是吞食语,声音不高,仿佛从无限远处的太空深渊中传来,让伊依第一次感觉到这种粗陋的恐龙语言听起来很悦耳。

大牙把一只爪子伸进衣袋,抓出伊依放到平面上,伊依的脚底感到了平面的弹性,大牙说:"尊敬的神,得知您喜欢收集各个星系的小生物,我带来了这个很有趣的小东西:地球人类。"

"我只喜欢完美的小生物,你把这么肮脏的虫子拿来干什么?"

神说。球体和平面发出的白光微微地闪动了两下,可能是表示厌恶。

"您知道这种虫虫?!"大牙惊奇地抬起头。

"只是听这个旋臂的一些航行者提到过,不是太了解。在这种虫子不算长的进化史中,这些航行者曾频繁地光顾地球,这种生物的思想之猥琐、行为之低劣、其历史之混乱和肮脏,都很让他们恶心,以至于直到地球世界毁灭之前,也没有一个航行者屑于同它们建立联系……快把它扔掉。"

大牙抓起伊依,转动着硕大的脑袋看看可往哪儿扔。"垃圾焚化口在你后面。"神说。大牙一转身,看到身后的平面上突然出现了一个小圆口,里面闪着蓝幽幽的光……

"你不要这样说!人类建立了伟大的文明!!"伊依用吞食语声嘶力竭地大喊。

球体和平面的白光又颤动了两次,神冷笑了两声:"文明?使者,告诉这个虫子什么是文明。"

大牙把伊依举到眼前,伊依甚至听到了恐龙的两个大眼球转动时骨碌碌的声音:"虫虫,在这个宇宙中,对一个种族文明程度的统一度量是这个种族所进入的空间的维度,只有进入六维以上空间的种族才具备加入文明大家庭的起码条件,我们尊敬的神的一族已能够进入十一维空间。吞食帝国已能在实验室中小规模地进入四维空间,只能算是银河系中一个未开化的原始群落,而你们,在神的眼里也就是杂草和青苔一类的。"

"快扔了,脏死了。"神不耐烦地催促道。

大牙说完,举着伊依向垃圾焚化口走去,伊依拼命挣扎,从衣服中掉出了许多白色的纸片。当那些纸片飘荡着下落时,从球体中射出一条极细的光线,当那束光线射到其中一张纸上时,它便在半空中悬住了,光线飞快地在上面扫描了一遍。

"哟,等等,这是什么东西?"

大牙把伊依悬在焚化口上方,扭头看着球体。

"那是……是我的学生们的作业!"伊依在恐龙的巨掌中吃力地挣扎着说。

"这种方形的符号很有趣,它们组成的小矩阵也很好玩儿。"神说。从球体中射出的光束又飞快地扫描了已落在平面上的另外几张纸。

"那是汉……汉字,这些是用汉字写的古诗!"

"诗?"神惊奇地问,收回了光束,"使者,你应该懂一些这种虫子的文字吧?"

"当然,尊敬的神,在吞食帝国吃掉地球前,我在它们的世界生活了很长时间。"大牙把伊依放到焚化口旁边的平面上,弯腰拾起一张纸,举到眼前吃力地辨认着上面的小字:"它的大意是……"

"算了吧,你会曲解它的!"伊依挥手制止大牙说下去。

"为什么?"神很感兴趣地问。

"因为这是一种只能用古汉语表达的艺术,一旦翻译成人类的其他语言,也就失去了大部分内涵和魅力,变成另一种东西了。"

"使者,你的计算机中有这种语言的数据库吗?还有有关地球历史的一切知识,好的,给我传过来吧,就用我们上次见面时建立的那个信道。"

大牙急忙返回飞船上,在舱内的电脑上捣鼓了一阵儿,嘴里嘟囔着:"古汉语部分没有,还要从帝国的网络上传过来,可能有些时滞。"伊依从敞开的舱门中看到,恐龙的大眼球中映射着电脑屏幕上变幻的彩光。当大牙从飞船上走出来时,神已经能用标准的汉语读出一张纸上的中国古诗了:

白日依山尽，黄河入海流。

　　欲穷千里目，更上一层楼。

"您学得真快！"伊依惊叹道。

神没有理他，只是沉默着。

大牙解释说："它的意思是：恒星已在行星的山后面落下，一条叫黄河的河流向着大海的方向流去，哦，这河和海都是由那种由一个氧原子和两个氢原子构成的化合物组成，要想看得更远，就应该在建筑物上登得更高些。"

神仍然沉默着。

"尊敬的神，你不久前曾君临吞食帝国，那里的景色与写这首诗的虫虫的世界十分相似，有山有河也有海，所以……"

"所以我明白诗的意思，"神说。球体突然移动到大牙头顶上，伊依感觉它就像一只盯着大牙看的没有眸子的大眼睛，"但，你，没有感觉到些什么？"

大牙茫然地摇摇头。

"我是说，隐含在这个简洁的方块符号矩阵的表面含义后面的一些东西？"

大牙显得更茫然了，于是神又吟诵了一首古诗：

　　前不见古人，后不见来者，

　　念天地之悠悠，独怆然而涕下。

大牙赶紧殷勤地解释道："这首诗的意思是：向前看，看不到在遥远过去曾经在这颗行星上生活过的虫虫；向后看，看不到未来将要在这行星上生活的虫虫;于是感到时空太广大了,于是哭了。"

神沉默。

"呵,哭是地球虫虫表达悲哀的一种方式,这是它们的视觉器官……"

"你仍没感觉到什么?"神打断了大牙的话问,球体又向下降了一些,几乎贴到大牙的鼻子上。

大牙这次坚定地摇摇头:"尊敬的神,我想里面没有什么的,一首很简单的小诗。"

接下来,神又连续吟诵了几首古诗,都很简短,且属于题材空灵超脱的一类,有李白的《下江陵》《静夜思》和《黄鹤楼送孟浩然之广陵》、柳宗元的《江雪》、崔颢的《黄鹤楼》、孟浩然的《春晓》等。

大牙说:"在吞食帝国,有许多长达百万行的史诗,尊敬的神,我愿意把它们全部献给您!相比之下,人类虫虫的诗是这么短小简单,就像他们的技术……"

球体忽地从大牙头顶飘开去,在半空中沿着随意的曲线飘行着:"使者,我知道你们最大的愿望就是希望我回答一个问题:吞食帝国已经存在了八千万年,为什么其技术仍徘徊在原子时代?我现在有答案了。"

大牙热切地望着球体说:"尊敬的神,这个答案对我们很重要!!求您……"

"尊敬的神,"伊依举起一只手大声说,"我也有一个问题,不知能不能问?!"

大牙恼怒地瞪着伊依,像要把他一口吃了似的,但神说:"我仍然讨厌地球虫子,但那些小矩阵为你赢得了这个权利。"

"艺术在宇宙中普遍存在吗?"

球体在空中微微颤动,似乎在点头:"是的,我就是一名宇宙艺术的收集和研究者,我穿行于星云间,接触过众多文明的各种艺术,它们大多是庞杂而晦涩的体系,用如此少的符号,在如此小巧的矩阵中蕴含着如此丰富的感觉层次和含义分支,而且这种表达还要在严酷得有些变态的诗律和音韵的约束下进行,这,我确实是第一次见到……使者,现在可以把这虫子扔了。"

大牙再次把伊依抓在爪子里:"对,该扔了它,尊敬的神,吞食帝国中心网络中存贮的人类文化资料是相当丰富的,现在您的记忆中已经拥有了所有资料,而这个虫虫,大概就记得那么几首小诗。"说着,它拿着伊依向焚化口走去。"把这些纸片也扔了。"神说,大牙又赶紧反身去用另一支爪子收拾纸片,这时伊依在大爪中高喊:

"神啊,把这些写着人类古诗的纸片留作纪念吧!您收集到了一种不可超越的艺术,向宇宙中传播它吧!"

"等等,"神再次制止了大牙,伊依已经悬到了焚化口上方,他感到了下面蓝色火焰的热力。球体飘过来,在距伊依的额头几厘米处悬定,他同刚才的大牙一样受到了那只没有眸子的巨眼的逼视。

"不可超越?"

"哈哈哈……"大牙举着伊依大笑起来,"这个可怜的虫虫居然在伟大的神面前说这样的话,滑稽! 人类还剩下什么? 你们失去了地球上的一切,即便能带走的科学知识也忘得差不多了,有一次在晚餐桌上,我在吃一个人之前问它:地球保卫战争中的人类的原子弹是用什么做的? 他说是原子做的!"

"哈哈哈哈……"神也让大牙逗得大笑起来,球体颤动得成了椭圆,"不可能有比这更正确的回答了,哈哈哈……"

"尊敬的神,这些脏虫虫就剩下那几首小诗了! 哈哈哈……"

"但它们是不可超越的!"伊依在大爪中挺起胸膛庄严地说。

球体停止了颤动,用近似耳语的声音说:"技术能超越一切。"

"这与技术无关,这是人类心灵世界的精华,不可超越!"

"那是因为你不知道技术最终能具有什么样的力量,小虫子,小小的虫子,你不知道。"神的语气变得父亲般温柔,但潜藏在深处阴冷的杀气让伊依不寒而栗,神说:"看着太阳。"

伊依按神的话做了,这是位于地球和火星轨道之间的太空,太阳的光芒使他眯起了双眼。

"你最喜欢的颜色是什么?"神问。

"绿色。"

话音刚落,太阳变成了绿色,那绿色妖艳无比,太阳仿佛是一只突然浮现在太空深渊中的猫眼,在它的凝视下,整个宇宙都变得诡异无比。

大牙爪子一颤,把伊依掉在平面上。当理智稍稍恢复后,他们都意识到另一个比太阳变绿更加震撼的事实:从这里到太阳,光需行走十几分钟,但这一切都发生在一瞬间!

半分钟后,太阳恢复原状,又发出耀眼的白光。

"看到了吗?这就是技术,是这种力量使我们的种族从海底淤泥中的鼻涕虫变为神。其实技术本身才是真正的神,我们都真诚地崇拜它。"

伊依眨着昏花的双眼说:"但神并不能超越那样的艺术,我们也有神,想象中的神,我们崇拜它们,但并不认为它们能写出李白和杜甫那样的诗。"

神冷笑了两声,对伊依说:"真是一只无比固执的虫子,这使你更让人厌恶。不过,为了消遣,就让我来超越一下你们的矩阵艺术。"

伊依也冷笑了两声:"不可能的,首先你不是人,不可能有人的心灵感受,人类艺术在你那里只是石板上的花朵,技术并不能使你超越这个障碍。"

"技术超越这个障碍易如反掌,给我你的基因!"

伊依不知所措。"给神一根头发!"大牙提醒说,伊依伸手拔下一根头发,一股无形的吸力将头发吸向球体,后来那根头发又从球体中飘落到平面上,神只是提取了发根带着的一点皮屑。

球体中的白光涌动起来,渐渐变得透明了,里面充满了清澈的液体,浮起串串水泡。接着,伊依在液体中看到了一个蛋黄大小的球,它在射入液球的阳光中呈淡红色,仿佛自己会发光。小球很快长大,伊依认出了那是一个蜷曲着的胎儿,他肿胀的双眼紧闭着,大大的脑袋上交错着红色的血管。胎儿继续成长,小身体终于伸展开来,像青蛙似的在液球中游动着。液体渐渐变得浑浊了,透过液球的阳光只映出一个模糊的影子,看得出那个影子仍在飞速成长,最后变成了一个游动着的成人的身影。这时液球又恢复成原来那样完全不透明的白色光球,一个赤裸的人从球中掉出来,落到平面上。伊依的克隆体摇摇晃晃地站了起来,阳光在他湿漉漉的身体上闪亮,他的头发和胡子老长,但看得出来只有三四十岁的样子,除了一样的精瘦外,一点也不像伊依本人。克隆体僵僵地站着,呆滞的目光看着无限远方,似乎对这个他刚刚进入的宇宙浑然不知。在他的上方,球体的白光在暗下来,最后完全熄灭了,球体本身也像蒸发似的消失了。但这时,伊依感觉什么东西又亮了起来,很快发现那是克隆体的眼睛,它们由呆滞突然充满了智慧的灵光。后来伊依知道,神的记忆这时已全部转移到克隆体中了。

"冷,这就是冷?!"一阵轻风吹来,克隆体双手抱住湿乎乎的双肩,浑身打战,但声音中充满了惊喜,"这就是冷,这就是痛苦,精致的、完美的痛苦,我在星际间苦苦寻觅的感觉,尖锐如洞穿时空的十维弦,晶莹如类星体中心的纯能钻石,啊——"他伸开皮包骨头的双臂仰望银河,"前不见古人,后不见来者,念天地之……"一阵冷战使克隆体的牙齿咯咯作响,赶紧停止了出生演说,跑到焚化口边烤火了。

克隆体把两手放到焚化口的蓝火焰上烤着,哆哆嗦嗦地对伊依说:"其实,我现在进行的是一项很普通的操作,当我研究和收集一种文明的艺术时,总是将自己的记忆借宿于该文明的一个个体中,这样才能保证对该艺术的完全理解。"

这时,焚化口中的火焰亮度剧增,周围的平面上也涌动着各色的光晕,使得伊依感觉整个平面像是一块漂浮在火海上的毛玻璃。

大牙低声对伊依说:"焚化口已转换为制造口了,神正在进行能——质转换。"看到伊依不太明白,他又解释说:"傻瓜,就是用纯能制造物品,上帝的活计!"

制造口突然喷出了一团白色的东西,那东西在空中展开并落了下来,原来是一件衣服,克隆体接住衣服穿了起来,伊依看到那竟是一件宽大的唐朝古装,用雪白的丝绸做成,有宽大的黑色镶边,刚才还一副可怜相的克隆体穿上它后立刻显得飘飘欲仙,伊依实在想象不出它是如何从蓝火焰中被制造出来的。

又有物品被制造出来,从制造口飞出一块黑色的东西,像一块石头一样咚地砸在平面上,伊依跑过去拾起来,不管他是否相信自己的眼睛,手中拿着的分明是一块沉重的石砚,而且还是冰凉的。接着又有什么啪地掉下来,伊依拾起那个黑色的条状物,他没猜错,这是一块墨!接着被制造出来的是几支毛笔,一个笔架,一张雪白的宣纸(从火里飞出的纸!),还有几件古色古香的案头小饰品,最后制造出来的也是最大的一件东西:一张样式古老的书案!伊依和大牙忙着把书案扶正,把那些小东西在案头摆放好。

"转化这些东西的能量,足以把一颗行星炸成碎末。"大牙对伊依耳语，声音有些发颤。

克隆体走到书案旁，看着上面的摆设满意地点点头，一手理着刚刚干了的胡子，说：

"我，李白。"

伊依审视着克隆体问："你是说想成为李白呢，还是真把自己当成了李白？"

"我就是李白，超越李白的李白！"

伊依笑着摇摇头。

"怎么，到现在你还怀疑吗？"

伊依点点头说："不错，你们的技术远远超过了我的理解力，已与人类想象中的神力和魔法无异，即使是在诗歌艺术方面也有让我惊叹的东西：跨越如此巨大的文化和时空的鸿沟，你竟能感觉到中国古诗的内涵……但理解李白是一回事，超越他又是另一回事，我仍然认为你面对的是不可超越的艺术。"

克隆体——李白的脸上浮现出高深莫测的笑容，但转瞬即逝，他手指书案，对伊依大喝一声："研墨！"然后径自走去，在几乎走到平面边缘时站住，理着胡须遥望星河沉思起来。

伊依从书案上的一个紫砂壶中向砚上倒了一点清水，拿起那条墨研了起来，他是第一次干这个，笨拙地斜着墨条磨边角。看着砚中渐渐浓起来的墨汁，伊依想到自己正身处距太阳1.5个天文单位的茫茫太空中，这个无限薄的平面（即使在刚才由纯能制造物品时，从远处看它仍没有厚度）仿佛是一个飘浮在宇宙深渊中的舞台，在它上面，一头恐龙、一个被恐龙当作肉食家禽饲养的人类、一个穿着唐朝古装的准备超越李白的技术之神，正在演出一场怪诞到极点的话剧，想到这里，伊依摇头苦笑起来。

当觉得墨研得差不多了时，伊依站起来，同大牙一起等待着，这时平面上的轻风已经停止,太阳和星河静静地发着光,仿佛整个宇宙都在期待。李白静立在平面边缘,由于平面上的空气层几乎没有散射,他在阳光中的明暗部分极其分明,除了理胡须的手不时动一下外,简直就是一尊石像。伊依和大牙等啊等,时间在默默地流逝,书案上蘸满了墨的毛笔渐渐有些发干了,不知不觉,太阳的位置已移动了很多,把他们和书案、飞船的影子长长地投在平面上,书案上平铺的白纸仿佛变成了平面的一部分。终于,李白转过身来,慢步走回书案前,伊依赶紧把毛笔重新蘸了墨,用双手递了过去,但李白抬起一只手回绝了,只是看着书案上的白纸继续沉思着,他的目光中有了些新的东西。

伊依得意地看出,那是困惑和不安。

"我还要制造一些东西,那都是……易碎品,你们去小心接着。"李白指了指制造口说,那里面本来已暗淡下去的蓝焰又明亮进来,伊依和大牙刚刚跑过去,就有一股蓝色的火舌把一个球形物推出来,大牙眼疾手快地接住了它,细看是一个大坛子。接着又从蓝焰中飞出了三只大碗,伊依接住了其中的两只,有一只摔碎了。大牙把坛子抱到书案上,小心地打开封盖,一股浓烈的酒味溢了出来,它与伊依惊奇地对视了一眼。

"在我从吞食帝国接收到的地球信息中,有关人类酿造业的资料不多,所以这东西造得不一定准确。"李白说,同时指着酒坛示意伊依尝尝。

伊依拿碗从中舀了一点儿抿了一口,一股火辣从嗓子眼流到肚子里,他点点头:"是酒,但是与我们为改善肉质喝的那些相比太烈了。"

"满上。"李白指着书案上的另一个空碗说,待大牙倒满烈酒后,端起来咕咚咚一饮而尽,然后转身再次向远处走去,不时走出几个不太稳的舞步。到达平面边缘后又站在那里对着星海深思,但与上次不同的是他的身体有节奏地左右摆动,像在和着某首听不见的曲子。这次李白沉思了不长时间就走回到书案前,回来的一路上全是舞步了,他一把抓过伊依递过来的笔扔到远处。

"满上。"李白眼睛直勾勾地盯着空碗说。

…………

一小时后,大牙用两个大爪小心翼翼地把烂醉如泥的李白放到已清空的书案上,但他一翻身又骨碌下来,嘴里嘀咕着恐龙和人都听不懂的语言。他已经红红绿绿地吐了一大摊(真不知是什么时候吃进的这些食物),宽大的古服上也吐得脏污一片,那一摊呕吐物被平面发出的白光透过,形成了一幅很抽象的图形。李白的嘴上黑乎乎的全是墨,这是因为在喝光第四碗后,他曾试图在纸上写什么,但只是把蘸饱墨的毛笔重重地戳到桌面上,接着,李白就像初学书法的小孩子那样,试图用嘴把笔理顺……

"尊敬的神?"大牙俯下身来小心翼翼地问。

"哇咦卡啊……卡啊咦唉哇。"李白大着舌头说。

大牙站起身,摇摇头叹了一口气,对伊依说:"我们走吧。"

另一条路

伊依所在的饲养场位于吞食者的赤道上,当吞食者处于太阳系内层空间时,这里曾是一片夹在两条大河之间的美丽草原。吞食者航出木星轨道后,严冬降临了,草原消失大河封冻,被饲养的人类都转到地下城中。当吞食者受到神的召唤而返回后,随着太阳的临近,大地回春,两条大河很快解冻了,草原也开始变绿。

当天气好的时候,伊依总是独自住在河边自己搭的一间简陋的草棚中,自己种地过日子。对于一般人来说这是不被允许的,但由于伊依在饲养场中讲授的古典文学课程有陶冶的功能,他的学生的肉有一种很特别的风味,所以恐龙饲养员也就不干涉他了。

这是伊依与李白初次见面两个月后的一个黄昏,太阳刚刚从吞食帝国平直的地平线上落下,两条映着晚霞的大河在天边交汇。在河边的草棚外,微风把远处草原上欢舞的歌声隐隐送来,伊依独自一人在下围棋,抬头看到李白和大牙沿着河岸向这里走来。这时的李白已有了很大的变化,他头发蓬乱,胡子老长,脸晒得很黑,左肩背着一个粗布包,右手提着一个大葫芦,身上那件古装已破烂不堪,脚上穿着一双已磨得不像样子的草鞋,伊依觉得这时的他倒更像一个人了。

李白走到围棋桌前,像前几次来一样,不看伊依一眼就把葫芦重重地向桌上一放,说:"碗!"待伊依拿来两个木碗后,李白打开葫芦盖,把两个碗里倒满酒,然后又从布包中拿出一个纸包,打开来,伊依发现里面竟放着切好的熟肉,并闻到扑鼻的香味,不由得拿起一块嚼了起来。

大牙只是站在两三米远处静静地看着他们,有前几次的经验,它知道他们俩又要谈诗了,这种谈话他既无兴趣也没资格参与。

"好吃,"伊依赞许地点点头,"这牛肉也是纯能转化的?"

"不,我早就回归自然了。你可能没听说过,在距这里很遥远的一个牧场,饲养着来自地球的牛群。这牛肉是我亲自做的,是用山西平遥牛肉的做法,关键是在炖的时候放——"李白凑到伊依耳边神秘地说,"尿碱。"

伊依迷惑不解地看着他。

"哦,就是人类的小便蒸干以后析出的那种白色的东西,能使炖好的肉外观红润,肉质鲜嫩,肥而不腻,瘦而不柴。"

"这尿碱……也不是纯能做出来的?"伊依恐惧地问。

"我说过自己已经回归自然了！尿碱是我费了好大劲儿从几个人类饲养场收集来的,这是很正宗的民间烹饪技艺,在地球毁灭前就早已失传。"

伊依已经把嘴里的牛肉咽下去了,为了抑制呕吐,他端起了酒碗。

李白指指葫芦说:"在我的指导下,吞食帝国已经建起了几个酒厂,并且能够生产大部分地球名酒,这是它们酿制的正宗的竹叶青,是用汾酒浸泡竹叶而成。"

伊依这才发现碗里的酒与前几次李白带来的不同,呈翠绿色,入口后有甜甜的药草味。

"看来,你对人类文化已了如指掌了。"伊依感慨地对李白说。

"不仅如此,我还花了大量的时间亲身体验,你知道,吞食帝国很多地区的风景与李白所在的地球极为相似,这两个月来,我浪迹于这山水之间,饱览美景,月下饮酒山巅吟诗,还在遍布各地的人类饲养场中有过几次艳遇……"

"那么,现在总能让我看看你的诗作了吧。"

李白呼地放下酒碗,站起身不安地踱起步来:"是作了一些诗,而且是些肯定让你吃惊的诗,你会看到,我已经是一个很出色的诗人了,甚至比你和你的祖爷爷都出色,但我不想让你看,因为我同样肯定你会认为那些诗没有超越李白,而我……"他抬起头遥望天边落日的余晖,目光中充满了迷离和痛苦,"也这么认为。"

远处的草原上,舞会已经结束,快乐的人们开始享用丰盛的晚餐。有一群少女向河边跑来,在岸边的浅水中嬉戏。她们头戴花环,身上披着薄雾一样的轻纱,在暮色中构成一幅醉人的画面。伊依指着距草棚较近的一个少女问李白:"她美吗?"

"当然。"李白不解地看着伊依说。

"想象一下,用一把利刃把她切开,取出她的每一个脏器,剜出她的眼球,挖出她的大脑,剔出每一根骨头,把肌肉和脂肪按其不同部位和功能分割开来,再把所有的血管和神经分别理成两束,最后在这里铺上一大块白布,把这些东西按解剖学原理分门别类地放好,你还觉得美吗?"

"你怎么在喝酒的时候想到这些?恶心。"李白皱起眉头说。

"怎么会恶心呢?这不正是你所崇拜的技术吗?"

"你到底想说什么?"

"李白眼中的大自然就是你现在看到的河边少女,而同样的大自然在技术的眼睛中呢,就是那张白布上那些井然有序但血淋淋的部件,所以,技术是反诗意的。"

"你好像对我有什么建议?"李白捋着胡子若有所思地说。

"我仍然不认为你有超越李白的可能,但可以为你的努力指出一个正确的方向:技术的迷雾蒙住了你的双眼,使你看不到自然之美。所以,你首先要做的是把那些超级技术全部忘掉,你既然能够把自己的全部记忆移植到你现在的大脑中,当然也可以删除其中的一部分。"

李白抬头和大牙对视了一下,两者都哈哈大笑起来,大牙对李白说:"尊敬的神,我早就告诉过您,多么狡诈的虫虫,您稍不小心就会跌入他们设下的陷阱。"

"哈哈哈哈,是狡诈,但也有趣。"李白对大牙说,然后转向伊依,冷笑着说,"你真的认为我是来认输的?"

"你没能超越人类诗词艺术的巅峰,这是事实。"

李白突然抬起一根手指着大河,问:"到河边去有几种走法?"

伊依不解地看了李白几秒钟:"好像……只有一种。"

"不,是两种,我还可以向这个方向走,"李白指着与河相反的方向说,"这样一直走,绕吞食帝国的大环一周,再从对岸过河,也能走到这个岸边,我甚至还可以绕银河系一周再回来,对于我们的技术来说,这也易如反掌。技术可以超越一切!我现在已经被逼得要走另一条路了!"

伊依努力想了好半天,终于困惑地摇摇头:"就算是你有神一般的技术,我还是想不出超越李白的另一条路在哪儿。"

李白站起来说:"很简单,超越李白的两条路是:一、把超越他的那些诗写出来,二、把所有的诗都写出来!"

伊依显得更糊涂了,但站在一旁的大牙似有所悟。

"我要写出所有的五言和七言诗,这是李白所擅长的;另外我还要写出常见词牌的所有的词!你怎么还不明白?!我要在符合这些格律的诗词中,试遍所有汉字的所有组合!"

"啊,伟大!伟大的工程!!"大牙忘形地欢呼起来。

"这很难吗?"伊依傻傻地问。

"当然难,难极了!如果用吞食帝国最大的计算机来进行这样的计算,可能到宇宙末日也完成不了!"

"没那么多吧。"伊依充满疑问地说。

"当然有那么多!"李白得意地点点头,"但使用你们还远未掌握的量子计算技术,就能在可以接受的时间内完成这样的计算。到那时,我就写出了所有的诗词,包括所有以前写过的和所有以后可能写的,特别注意,所有以后可能写的!超越李白的巅峰之作自然包括在内。事实上我终结了诗词艺术,直到宇宙毁灭,所出现的任何一个诗人,不管他们达到了怎样的高度,都不过是个抄袭者,他的作品肯定能在我那巨大的存储器中检索出来。"

大牙突然发出了一声低沉的惊叫,看着李白的目光由兴奋变为震惊:"巨大的……存储器?!尊敬的神,您该不是说,要把量子计算机写出的诗都……都存起来吧?"

"写出来就删除有什么意思呢?当然要存起来!这将是我的种族留在这个宇宙中的艺术丰碑之一!"

大牙的目光由震惊变为恐惧,把粗大的双爪向前伸着,两腿打弯,像要给李白跪下,声音也像要哭出来似的:"使不得,尊敬的神,这使不得啊!!"

"是什么把你吓成这样?"伊依抬头惊奇地看着大牙问。

"你个白痴!你不是知道原子弹是原子做的吗?那存储器也是原子做的,它的存贮精度最高只能达到原子级别!知道什么是原子级别的存贮吗?就是说一个针尖大小的地方,就能存下人类所有的书!不是你们现在那点儿书,是地球被吃掉前上面所有的书!"

"啊,这好像是有可能的,听说一杯水中的原子数比地球上海洋中水的杯数都多。那,他写完那些诗后带根针走就行了。"伊依指指李白说。

大牙恼怒已极,来回急走几步总算挤出了一点儿耐性:"好,好,你说,按神说的那些五言七言诗,还有那些常见的词牌,各写一首,总共有多少字?"

"不多,也就两三千字吧,古曲诗词是最精练的艺术。"

"那好,我就让你这个白痴虫虫看看它有多么精练!"大牙说着走到桌前,用爪指着上面的棋盘说:"你们管这种无聊的游戏叫什么,哦,围棋,这上面有多少个交叉点?"

"纵横各19行,共361点。"

"很好,每点上可以放黑子白子或空着,共三种状态,这样,每一个棋局,就可以看作由三个汉字写成的一首19行361个字的诗。"

"这比喻很妙。"

"那么,穷尽这三个汉字在这种诗上的所有组合,总共能写出多少首诗呢?让我告诉你:3 的 361 次方首,或者说,嗯,我想想,10 的 172 次方首!"

"这……很多吗?"

"白痴!"大牙第三次骂出这个词,"宇宙中的全部原子只有……啊——"它气恼得说不下去了。

"有多少?"伊依仍是那副傻样。

"只有 10 的 80 次方个!!你个白痴虫虫啊——"

直到这时,伊依才表现出了一点儿惊奇:"你是说,如果一个原子存贮一首诗,用光宇宙中的所有原子,还存不完他的量子计算机写出的那些诗?"

"差得远呢!差 10 的 92 次方倍呢!!再说,一个原子哪能存下一首诗?人类虫虫的存储器,存一首诗用的原子数可能比你们的人口都多,至于我们,用单个原子存贮一位二进制还仅处于实验室阶段……唉。"

"使者,在这一点上是你目光短浅了,想象力不足,是吞食帝国技术进步缓慢的原因之一。"李白笑着说,"使用基于量子多态叠加原理的量子存储器,只用很少量的物质就可以存下那些诗,当然,量子存贮不太稳定,为了永久保存那些诗作,还需要与更传统的存贮技术结合使用,即使这样,制造存储器需要的物质量也是很少的。"

"是多少?"大牙问,看那样子显然心已提到了嗓子眼儿。

"大约为 10 的 57 次方个原子,微不足道,微不足道。"

"这……这正好是整个太阳系的物质量!"

"是的,包括所有的太阳行星,当然也包括吞食帝国。"

李白最后这句话是轻描淡写地随口而出的,但在伊依听来像晴天霹雳,不过大牙反倒显得平静下来,当长时间受到灾难预感的折磨后,灾难真正来临时反而有一种解脱感。

"您不是能把纯能转换成物质吗?"大牙问。

"得到如此巨量的物质需要多少能量你不会不清楚,这对我们也是不可想象的,还是用现成的吧。"

"这么说,皇帝的忧虑不无道理。"大牙自语道。

"是的是的,"李白欢快地说,"我前天已向吞食皇帝说明,这个伟大的环形帝国将被用于一个更伟大的目的,所有的恐龙应该为此感到自豪。"

"尊敬的神,您会看到吞食帝国的感受的。"大牙阴沉地说,"还有一个问题:与太阳相比,吞食帝国的质量实在是微不足道,为了得到这九牛之一毛的物质,有必要毁灭一个进化了几千万年的文明吗?"

"你的这个疑问我完全理解,但要知道,熄灭、冷却和拆解太阳是需要很长时间的,在这之前对诗的量子计算应已经开始,我们需要及时地把结果存起来,清空量子计算机的内存以继续计算,这样,可以立即用于制造存储器的行星和吞食帝国的物质就是必不可少的了。"

"明白了,尊敬的神,最后一个问题:有必要把所有的组合结果都存起来吗?为什么不能在输出端加一个判断程序,把那些不值得存贮的诗作剔除掉。据我所知,中国古诗是要遵从严格的格律的,如果把不符合格律的诗去掉,那最后结果的总量将大为减少。"

"格律?哼,"李白不屑地摇摇头,"那不过是对灵感的束缚,中国南北朝以前的古体诗并不受格律的限制,即使是在唐代以后严格的近体诗中,也有许多古典诗词大师不遵从格律,写出了许多卓越的变体诗,所以,在这次终极吟诗中我将不考虑格律。"

"那,您总该考虑诗的内容吧?最后的计算结果中肯定有百分之九十九的诗是毫无意义的,存下这些随机的汉字矩阵有什么用?"

"意义?"李白耸耸肩说,"使者,诗的意义并不取决于你的认可,也不取决于我或其他任何人,它取决于时间。许多在当时无意义的诗后来成了旷世杰作,而现今和以后的许多杰作在遥远的过去肯定也曾是无意义的。我要作出所有的诗,亿万年之后,谁知道伟大的时间把其中的哪首选为巅峰之作呢?"

"这简直荒唐!!"大牙大叫起来,它那粗放的嗓音惊起了远处草丛中的几只鸟,"如果按现有的人类虫虫的汉字字库,您的量子计算机写出的第一首诗应该是这样的:

啊啊啊啊啊
啊啊啊啊啊
啊啊啊啊啊
啊啊啊啊唉

"请问,伟大的时间会把这首选为杰作?!"

一直不说话的伊依这时欢叫起来:"哇!还用什么伟大的时间来选?!它现在就是一首巅峰之作耶!!前三行和第四行的前四个字都是表达生命对宏伟宇宙的惊叹,最后一个字是诗眼,它是诗人在领略了宇宙之浩渺后,对生命在无限时空中的渺小发出的一声无奈的叹息。"

"哈……,"李白抚着胡须乐得合不上嘴,"好诗,伊依虫虫,真的是好诗,哈哈哈……"说着拿起葫芦给伊依倒酒。

大牙挥起巨爪一巴掌把伊依打了老远:"混账虫虫,我知道你现在高兴了,可不要忘记,吞食帝国一旦毁灭,你们也活不了!"

伊依一直滚到河边,好半天才能爬起来,他满脸沙土,咧大了嘴,既是痛的也是在笑,他确实很高兴,"哈哈,有趣,这个宇宙真他妈的不可思议!"他忘形地喊道。

"使者,还有问题吗?"看到大牙摇头,李白接着说,"那么,我在明天就要离去,后天,量子计算机将启动作诗软件,终极吟诗将开始,同时,熄灭太阳、拆解行星和吞食帝国的工程也将启动。"

"尊敬的神,吞食帝国在今天夜里就能做好战斗准备!"大牙立正后庄严地说。

"好好,真是很好,往后的日子会很有趣的,但这一切发生之前,还是让我们喝完这一壶吧。"李白快乐地点点头说,同时拿起了酒葫芦,倒完酒,他看着已笼罩在夜幕中的大河,意犹未尽地回味着,"真是一首好诗,第一首,呵呵,第一首就是好诗。"

终极吟诗

吟诗软件其实十分简单,用人类的 C 语言表达可能超不过两千行代码,另外再加一个存储所有汉字字符的不大的数据库。当这个软件在位于海王星轨道上的那台量子计算机(一个飘浮在太空中的巨大透明锥体)上启动时,终极吟诗就开始了。

这时吞食帝国才知道,李白只是那个超级文明种族中的一个个体,这与以前预想的不同,当时恐龙们都认为进化到这样技术级别的社会在意识上早就融为一个整体了,吞食帝国在过去一千万年中遇到的五个超级文明都是这种形态。李白一族保持了个体的存在,也部分解释了他们对艺术超常的理解力。当吟诗开始时,李白一族又有大量的个体从外太空的各个方位跃迁到太阳系,开始了制造存储器的工程。

吞食帝国上的人类看不到太空中的量子计算机,也看不到新来的神族,在他们看来,终极吟诗的过程,就是太空中太阳数目的增减过程。

在吟诗软件启动一个星期后,神族成功地熄灭了太阳,这时太空中太阳的数目减到零,但太阳内部核聚变的停止使恒星的外壳失去了支撑,使它很快坍缩成一颗新星,于是暗夜很快又被照亮,只是这颗太阳的亮度是以前的上百倍,使吞食者帝国表面草木生烟。新星又被熄灭了,但过一段时间后又爆发了,就这样亮了又灭、灭了又亮,仿佛太阳是一只九条命的猫,在没完没了地挣扎。但神族对于杀死恒星其实很熟练,他们从容不迫地一次次熄灭新星,使它的物质最大比例地聚变为制造存储器所需的重元素,当第十一次新星熄灭后,太阳才真正咽了气,这时,终极吟诗已经开始了三个地球月。早在这之前,在第三次新星出现时,太空中就有其他的太阳出现,这些太阳此起彼伏地在太空中的不同位置亮起或熄灭,最多时天空中出现过九个新太阳。这些太阳是神族在拆解行星时的能量释放,由于后来恒星太阳的闪烁已变得暗弱,人们就分不清这些太阳的真假了。

对吞食帝国的拆解是在吟诗开始后第五个星期进行的,这之前,李白曾向帝国提出了一个建议:由神族将所有恐龙跃迁到银河系另一端的一个世界,那里有一个文明,比神族落后许多,仍未纯能化,但比吞食文明要先进得多。恐龙们到那里后,将作为一种小家禽被饲养,过着衣食无忧的快乐生活。但恐龙们宁为玉碎,不为瓦全,愤怒地拒绝了这个提议。

李白接着提出了另一个要求:让人类返回他们的母亲星球。其实,地球也被拆解了,它的大部分用于制造存储器,但神族还是剩下了其中的一小部分物质为人类建造了一个空心地球。空心地球的大小与原地球差不多,但其质量仅为后者的百分之一。说地球被掏空了是不确切的,因为原地球表面那层脆弱的岩石根本不可能用来做球壳,球壳的材料可能取自地核,另外球壳上像经纬线般交错的、虽然很细但强度极高的加固圈,是用太阳坍缩时产生的简并态中子物质制造的。

令人感动的是:吞食帝国不但立即答应了李白的要求,允许所有人类离开大环世界,还把从地球掠夺来的海水和空气全部还给了地球,神族借此在空心地球内部恢复了原地球所有的大陆、海洋和大气层。

接着,惨烈的大环保卫战开始了。吞食帝国向太空中的神族目标大量发射核弹和伽马射线激光,但这些对敌人毫无作用。在神族发射的一个无形的强大力场推动下,吞食者大环越转越快,最后在超速自转产生的离心力下解体了。这时,伊依正在飞向空心地球的途中,他从一千二百万千米的距离上目睹了吞食帝国毁灭的全过程:

大环解体的过程很慢,如同梦幻,在漆黑太空的背景上,这个巨大的世界如同一团浮在咖啡上的奶沫一样散开来,边缘的碎块渐渐隐没于黑暗之中,仿佛被太空溶解了,只有不时出现的爆炸的闪光才使它们重新现形。(选自《吞食者》)

这个来自古老地球的充满阳刚之气的伟大文明就这样被毁灭了,伊依悲哀万分。只有一小部分恐龙活了下来,与人类一起回归地球,其中包括使者大牙。

在返回地球的途中,人类普遍都很沮丧,但原因与伊依不同:回到地球后是要开荒种地才有饭吃,这对于已在长期被饲养的生活中变得四体不勤、五谷不分的人们来说,确实像一场噩梦。

但伊依对地球世界的前途充满信心，不管前面有多少磨难，人将重新成为人。

诗　云

吟诗航行的游艇到达了南极海岸。

这里的重力已经很小，海浪的运行很缓慢，像是一种描述梦幻的舞蹈。在低重力下，拍岸浪把水花送上十几米高处，飞上半空的海水由于表面张力而形成无数水球，大的像足球，小的如雨滴，这些水球在缓慢地下落，慢到可以用手在它们周围画圈，它们折射着小太阳的光芒，使上岸后的伊依、李白和大牙置身于一片晶莹灿烂之中。由于自转的原因，地球的南北极地轴有轻微的拉长，这就使得空心地球的两极地区保持了过去的寒冷状态。低重力下的雪很奇特，呈一种蓬松的泡沫状，浅处齐腰深，深处能把大牙都淹没，但在被淹没后，他们竟能在雪沫中正常呼吸！整个南极大陆就覆盖在这雪沫之下，起伏不平的一片雪白。

伊依一行乘一辆雪地车前往南极点，雪地车像是一艘掠过雪沫表面的快艇，在两侧激起片片雪浪。

第二天他们到达了南极点。极点的标志是一座高大的水晶金字塔，这是为纪念两个世纪前的地球保卫战而建立的纪念碑，上面没有任何文字和图形，只有晶莹的碑体在地球顶端的雪沫之上默默地折射着阳光。

从这里看去，整个地球世界尽收眼底，光芒四射的小太阳周围，围绕着大陆和海洋，使它看上去仿佛是从北冰洋中浮出来似的。

"这个小太阳真的能够永远亮着吗？"伊依问李白。

"至少能亮到新的地球文明进化到具有制造新太阳的能力的时

候,它是一个微型白洞。"

"白洞？是黑洞的反演吗？"大牙问。

"是的,它通过空间蛀洞与二百万光年外的一个黑洞相连,那个黑洞围绕着一颗恒星运行,它吸入的恒星的光从这里被释放出来,可以把它看作一根超时空光纤的出口。"

纪念碑的塔尖是拉格朗日轴线的南起点,这是指连接空心地球南北两极的轴线,因战前地月之间的零重力拉格朗日点而得名,这是一条长一万三千千米的零重力轴线。以后,人类肯定要在拉格朗日轴线上发射各种卫星,比起战前的地球来,这种发射易如反掌:只需把卫星运到南极或北极点,愿意的话,用驴车运都行,然后用脚把它向空中踹出去就行了。

就在他们观看纪念碑时,又有一辆较大的雪地车载来了一群年轻的旅行者,这些人下车后双腿一弹,径直跃向空中,沿拉格朗日轴线高高飞去,把自己变成了卫星。从这里看去,有许多小黑点在空中标出了轴线的位置,那都是在零重力轴线上飘浮的游客和各种车辆。本来,从这里可以直接飞到北极,但小太阳位于拉格朗日轴线中部,最初有些沿轴线飞行的游客因随身携带的小型喷气推进器坏了,无法减速而一直飞到太阳里,其实在距小太阳很远的距离上他们就被蒸发了。

在空心地球,进入太空也是一件很容易的事,只需要跳进赤道上的五口深井(名叫地门)中的一口,向下坠落一百千米穿过地壳,就被空心地球自转的离心力抛进太空了。

现在,伊依一行为了看诗云也要穿过地壳,但他们走的是南极的地门,在这里地球自转的离心力为零,所以不会被抛入太空,只能到达空心地球的外表面。他们在南极地门控制站穿好轻便太空服后,就进入了那条长一百千米的深井,由于没有重力,叫它隧道更合适一些。在失重状态下，他们借助于太空服上的喷气推进器前进，这比在赤道的地门中坠落要慢得多，用了半个小时才来到外表面。

空心地球外表面十分荒凉，只有纵横的中子材料加固圈，这些加固圈把地球外表面按经纬线划分成了许多个方格，南极点正是所有经向加固圈的交点，当伊依一行走出地门后，看到自己身处一个面积不大的高原上，地球加固圈像一道道漫长的山脉，以高原为中心放射状地向各个方向延伸。

抬头，他们看到了诗云。

诗云处于已消失的太阳系所在的位置，是一片直径为一百个天文单位的旋涡状星云，形状很像银河系。空心地球处于诗云边缘，与原来太阳在银河系中的位置也很相似，不同的是地球的轨道与诗云不在同一平面，这就使得从地球上可以看到诗云的一面，而不是像银河系那样只能看到截面。但地球离开诗云平面的距离还远不足以使这里的人们观察到诗云的完整形状，事实上，南半球的整个天空都被诗云所覆盖。

诗云发出银色的光芒，能在地上照出人影。据说诗云本身是不发光的，这银光是宇宙射线激发出来的。由于空间的宇宙射线密度不均，诗云中常涌动着大团的光晕，那些色彩各异的光晕滚过长空，好像是潜行在诗云中的发光巨鲸。也有很少的时候，宇宙射线的强度急剧增加，在诗云中激发出鳞鳞的光斑，这时的诗云已完全不像云了，整个天空仿佛是一个月夜从水下看到的海面。地球与诗云的运行并不是同步的，所以有时地球会处于旋臂间的空隙上，这时透过空隙可以看到夜空和星星，最为激动人心的是，在旋臂的边缘还可以看到诗云的断面形状，它很像地球大气中的积雨云，变幻出各种宏伟的让人浮想联翩的形体，这些巨大的形体高高地升出诗云的旋转平面，发出幽幽的银光，仿佛是一个超级意识没完没了的梦境。

伊依把目光从诗云收回,从地上拾起一块晶片,这种晶片散布在他们周围的地面上,像严冬的碎冰般闪闪发亮。伊依举起晶片对着诗云密布的天空,晶片很薄,有半个手掌大小,正面看全透明,但把它稍斜一下,就看到诗云的亮光在它表面映出的霓彩光晕。这就是量子存储器,人类历史上产生的全部文字信息,也只能占它们每一片存贮量的几亿分之一。诗云就是由 10 的 40 次片这样的存储器组成的,它们存贮了终极吟诗的全部结果。这片诗云,是用原来构成太阳和它的九大行星的全部物质所制造,当然还包括吞食帝国。

"真是伟大的艺术品!"大牙由衷地赞叹道。

"是的,它的美在于其内涵:一片直径一百亿千米的,包含着全部可能的诗词的星云,这太伟大了!"伊依仰望着星云激动地说:"我也开始崇拜技术了。"

一直情绪低落的李白长叹一声:"唉,看来我们都在走向对方,我看到了技术在艺术上的极限,我……"他抽泣起来,"我是个失败者,呜呜……"

"你怎么能这样讲呢?!"伊依指着上空的诗云说,"这里面包含了所有可能的诗,当然也包括那些超越李白的诗!"

"可我却得不到它们!"李白一跺脚,飞起了几米高,在半空中卷成一团,悲伤地把脸埋在两膝之间呈胎儿状,在地壳那十分微小的重力下缓缓下落,"在终极吟诗开始时,我就着手编制诗词识别软件,这时,技术在艺术中再次遇到了那道不可逾越的障碍,到现在,具备古诗鉴赏力的软件也没能编出来。"他在半空中指指诗云,"不错,借助伟大的技术,我写出了诗词的巅峰之作,却不可能把它们从诗云中检索出来,唉……"

"智慧生命的精华和本质,真的是技术所无法触及的吗?"大牙仰头对着诗云大声问,经历过这一切,它变得越来越哲学了。

"既然诗云中包含了所有可能的诗,那其中自然有一部分诗,是描写我们全部的过去和所有可能与不可能的未来的,伊依虫虫肯定能找到一首诗,描述他在三十年前的一天晚上剪指甲时的感受,或十二年后的一顿午餐的菜谱;大牙使者也可以找到一首诗,描述它的腿上的某一块鳞片在五年后的颜色……"说着,已重新落回地面的李白拿出了两块晶片,它们在诗云的照耀下闪闪发光:"这是我临走前送给二位的礼物,这是量子计算机以你们的名字为关键词,在诗云中检索出来的与二位有关的几亿首诗,描述了你们在未来各种可能的生活,当然,在诗云中,这也只占描写你们的诗作里极小的一部分。我只看过其中的几十首,最喜欢的是关于伊依虫虫的一首七律,描写他与一位美丽的村姑在江边相爱的情景……我走后,希望人类和剩下的恐龙好好相处,人类之间更要好好相处,要是空心地球的球壳被核弹炸个洞,可就麻烦了……诗云中的那些好诗目前还不属于任何人,希望人类今后能写出其中的一部分。"

"我和那位村姑后来怎样了?"伊依好奇地问。

在诗云的银光下,李白嘻嘻一笑:"你们幸福地生活在一起。"

2002 年 12 月 9 日于娘子关